언니들,
집을 나가다

언니들, 집을 나가다

언니네 방 그후

가족 밖에서 꿈꾸는
새로운 삶 스물여덟 가지

언니네트워크 엮음

에쎄

비혼을 선고하노라

깜깜한 무대, 불빛 아래 오도카니 앉은 여자의 실루엣이 보인다.

(목소리) 그대는 자신보다 타인의 안위를 걱정하고, 누구에게나 착한 사람이 되려고 지나치게 애쓰는 경향이 있소. 자신의 삶을 찾으려는 의지가 없으므로 그 벌로 종신결혼을 선고하오.

쾅쾅쾅, 소리가 점점 멀어진다.

여자 ˡ 안 돼요! 저는 아직 하고 싶은 게 너무 많은 걸요. 그건 너무 가혹하다고요. 지금껏 착하게만 살아왔는데 왜 제게…. (사이) 결혼은, 결혼만은 하고 싶지 않아요. 저는 평생 한 사람만을 사랑하겠다는 다짐 따위는 믿지 않는단 말이에요. 차라리 이뤄지지 않을 사랑을 바라고 살겠어요, 그러니 제발.

응답이 없다. 여자, 주위를 둘러보다 고개를 떨구며 한숨을 내쉰다.

여자 | 그래요, 어쩌면 내가 자신을 속여왔는지 모르죠. 자기만족을 위해 남들의 반응을 즐긴 건지도 몰라요. 착하고 고분고분한 여자란 얘기는 양날의 검이었어요. 칭찬인 듯해도 실은 나를 더욱 옭아매는 족쇄가 되었을 테지요. (사이) 사람들은 제게 말했어요. 넌 딱 현모양처 감이라고. 그런데 얼마 전부터는 그 말에 저항감이 들었죠. 전 적어도 엄마처럼은 살고 싶지 않았으니까요. 엄마처럼 온 삶을 가족에게 쏟아붓지는 않겠다고, 평생을 누구의 아내, 누구의 엄마로만 살지는 않겠다고… 그게 저를 지키기 위한 최소한의 방법이었어요.

저는 그저 적당히 착한 여자로 살고 싶었을 뿐인데, 기준은 날로 높아져만 갔어요. 이걸 포기한 다음에는 저것마저 포기해야 했죠. 그러면 남은 방법은 나쁜 여자가 되는 것뿐일까요?

세상엔 참 우스운 일이 많아요. 일전에 친구의 결혼식에 간 적이 있는데요, 사람들이 면전에서는 축하한다는 덕담을 건네면서 뒤돌아서면 욕을 하더군요. "몇 년이나 가나 두고 보자"면서요. 그 상황이 너무나 연극처럼 느껴졌어요. 그리고 결혼한 친구들이 말하더군요. 남들에게 결혼하라고 권할 때는 '너도 한번 당해봐라' 라는 심정이 들어 있다는 걸. (웃음) 세상에 이면이 존재하지 않는 게 얼마나 있을지는 모르지만, 결혼은 제게 뒤집어보지 않아도 아쉬울 것 없는 패가 되어갔다고 할까요.

아직은 결혼하지 않고 살아간다는 것의 고달픔을 반도 모르지만 철없이 말하는 것만은 아니에요. 때때로 사람들의 질문에 시달려야 할 테고, 경제적으로도 곤궁해질 것이고, 나이 들어 외로워지겠지요. 그런데, 그런데요, 기왕 외로운 게 삶이라면 굳이 피하려고 애쓸 필요는 없는 거 아닌가요?

(목소리) 그래요, 비혼하세요, 그럼.

1.
   이것은 비혼을 소재로 한 일종의 단막극입니다. 이 장면에 등장하는 여자는 제 모습이기도 하지만, 오늘날 '노처녀' 나 (주변에서는 절대 찾아볼 수 없는) '골드미스' 등 다양한 이름으로 불리는 여자들의 모습이기도 합니다.
   물론 비혼의 삶을 '선택' 한 여자들에게도 다양한 스펙트럼은 존재합니다. 결혼에서 자신이 꿈꾸는 삶의 모습을 발견하지 못한 사람, 결혼에서 제도적으로 배제될 수밖에 없는 성소수자 커플, 어떤 식으로든 결혼에 발을 담갔다 뺄 수밖에 없었던 사람들.
   이 사람들에게 든든한 지지자가 되어줄 곳이 바로 여성커뮤니

티 언니네_{unninet.net}입니다. 이 여자들이 내뱉는 결혼과 가족에 관한 도발적인 이야기들은 머리를 울리면서도 마음을 따뜻하게 데워주니까요. 그래서 많은 이들이 더이상 자신의 삶을 정상의 잣대로 재단하지 않게 되었어요. 그런 공감은 단지 결혼하지 않은 여자로서의 그간의 서러움과 억울함 때문만은 아니었답니다. 저 또한 언니들을 통해 결혼하지 않고서도 얼마든지 자신의 삶을 꾸려갈 수 있다는 용기와 자신감을 얻었고, 비로소 당당하게 비혼이라고 말할 수 있게 된 것입니다.

2.

늦은 나이까지 결혼하지 않거나 결혼 상태에서 벗어난다는 것이 이만큼 흔해졌는데도 여전히 많은 이들이 예전의 잣대에 의해 '부적격'으로 가름된 스스로를 책망합니다. 최근까지도 가족 내에서만 존재했고 결혼이라는 것의 내부에서 지속될 수 있었던 여성의 삶이 극적으로 변화하고 있는 것은 누구도 부인할 수 없지요. 이런 경향은 변화를 두려워하는 보수적이고 권위적인 사람들에게 더욱 위기감과 당황스런 느낌을 안겨준 것도 사실이겠고요. 국가의 위기라도 되는 양 보도하는 목소리가 여전하지만 높은 출생률과 낮은 이혼율이 더 나은 인류의 삶을 보장하리란 생각은 허울일 뿐인걸요.

결혼 밖에서 본 삶이 그다지 행복하지도, 섹시하지도, 외로움의 끝도 아니라는 것이 무엇보다 중요합니다. 결혼하지 않았다고 무조건 불행하지 않은 것과 마찬가지로요. 그것을 알면서도 결혼하지 않은 다른 누군가의 삶을 '위기'로 몰아넣고 규정하는 것은 실은 자신의 삶이 모래성과도 같음을 인정하는 것과 다름없습니다. 사회가 보장하는 결혼의 수많은 혜택과 경제적인 이점에도 불구하고, 정작 위기에 처한 것은 결혼이니까요.

그리고 이런 불안정한 결혼의 기반 위에 만들어질 가족의 삶도 이제까지와는 크게 달라질 것입니다. 언젠가는 비혼인들도 까다로운 자격 없이 아이를 입양해 키울 수 있고, 혈연에 기초하지 않은 가족의 형태가 더 넓게 자리할 수 있겠지요.

3.

이 책은 결혼하지 않는 삶에 이토록 다양한 색채와 방식이 있다는 것을 보여드리기 위해 기획되고 쓰어졌습니다. 1부는 우리가 완전히 떨칠 수 없는 원 가족의 테두리 안에서 시도할 수 있는 삶의 여러 지형을 보여드리려 합니다. 2부에서는 소위 '정상가족'의 바깥으로 분류되는 삶도 얼마든지 괜찮다는 것을 매우 다양한 사례를 들어 얘기하고 싶어요. 마지막 3부는 지속 가능한 비혼의 삶을 내다보며 준비해야 할 것들을 풀어내려 합니다.

너무 거창하거나 현실에서 저만치 먼 이야기를 하려는 것은 아닙니다. 모든 여성(혹은 남성)이 결혼에 기대지 말아야 한다고 주장하는 것도 아니고요. 그저 '비혼할 자유를 허하라'라는 소박한 출발점을 찍으려는 것이지요.

어쩌면 비혼으로 발걸음을 내딛는 순간 삶은 다양한 선택지와 설렘으로 가득한 진짜 모험으로 바뀔 수 있답니다. 못 믿으시겠다고요? 그렇다면 이 책에 나오는 여자들(남자도 있군요)의 삶을 슬쩍 엿보세요. 가족이나 결혼과는 무관한, 온전한 자신의 삶에 가닿으려는 기운이 들어오도록 잠시 마음의 경계는 풀어놓아도 좋습니다.

2009년 5월
언니네트워크 출판기획단 _위성은

✱ 차례

머리말 _ 비혼을 선고하노라 ✱ 5

제1부 _ 눈물 흘리지 않고 가족과 이별하기

01 엄마, 나 결혼 안 해도 괜찮지? ✱ 16

02 아버지를 떠날 수밖에 없었던 이유 ✱ 23

03 착한 딸, 엄마를 떠나다 ✱ 31

04 아버지, 당신은 정자 기증자 ✱ 39

05 그러니까 엄마도 독립해 ✱ 47

06 엇갈린 자매 이야기 ✱ 53

07 착한 며느리 따위 되지 않겠다 ✱ 60

제2부 _ 이토록 다양한, 결혼하지 않고 잘 살기

08 다 큰 딸, 이제 혼자 굴러가겠습니다 * **74**

09 빨간 머리 앤의 다락방을 찾아서 * **81**

10 혼자여도 괜찮아, 잘 싸우면 되지 * **86**

11 그 여자들이 함께 사는 방법 * **93**

12 성산동 301호 : 한 집, 다섯 여자, 두 고양이 * **100**

13 서로가 비빌 언덕이 된 세 여자 * **106**

14 결혼에 대처하는 이 남자의 자세 * **111**

15 직장이 결혼하지 않는 사람에게 주지 않는 것 * **119**

16 장애 여성에게 혼자 산다는 것 * **127**

17 우리 가족은 넷이다 * **135**

18 지금 당신의 이웃집에선, 삽질! * **142**

19 섹스, 그건 마치 춤과 같다 * **150**

20 남편이 아니라 카메라가 필요해 * **156**

제3부 _ 뻔한 질문 따윈 두렵지 않아

21 병이라도 걸리면 어떻게 할래? * **168**

22 혼자 사는데 도둑이라도 들면 어떡해? * **176**

23 그래도 남자 하나는 있어야지? * **183**

24 빵 굽는 두 여자 * **192**

25 단순하게, 소박하게, 느리게 * **199**

26 여자들이여, 운동장으로 나오라! * **206**

27 오늘도 내일도 댄스, 댄스 * **214**

28 앞길이 구만 리건 구 미터건 * **221**

부록 하나 언니들이 전하는 집 구하기 노하우 여섯 가지 * **232**

부록 둘 언니들이 강추하는 몸을 움직이는 여자들을 위한 공간 * **235**

부록 셋 언니들이 말하는 비혼생활 동반자 * **236**

제1부

눈물 흘리지 않고
가족과 이별하기

엄마,
나 결혼 안 해도
괜찮지?
:: 첫번째 이야기

조금은 이상한 엄마

돌이켜보면 별것도 아닌 일들을 가지고도, 살면서 그때 그 상황에서만큼은 숨이 턱 막히는 순간들이 있다. 기억을 잃고 탁 고꾸라져 영원히 잊고 또 잊히고 싶은 그런 순간들 말이다. 그럴 때마다 엄마는 나의 드라마를 사소하게 만들어주는 사람이었다.

'내 딸 너를 항상 믿고 사랑한다' '너는 잘못한 게 아니야'라는 따뜻하고 견고한 위로를 상상했다면 틀렸다. 엄마는 괴로워하며 방구석에 들러붙어 있던 내게 대충 이런 식의 한마디를 던지고 사라지곤 했다. "네가 평생 하게 될 수많은 삽질에 그냥 한 삽 더 얹었다 생각해."

어쩌면 엄마의 무심함은 그렇게 순했다던 아기 시절과 그렇게 심부름을 즐겨했다던 유년기를 보낸 둘째 딸년이 이래저래 속을 뒤집다 대학에 들어간 스무 살 이후 온통 연애로 인한 지랄로 인생을 차곡차곡 채우는 것을 지켜보며 생긴 내공일지도 모른다.

처음 남자친구란 걸 만든 언니와 내게 엄마는 항상 심드렁한 태도를 보였다. 어떤 놈인지 궁금해하긴 했지만 흔히 딸 가진 부모들이 하는 걱정을 내보이거나 이건 하고 저건 하지 말라고 말하는 법이 없었다. 언제나 엄마의 반응은 "그냥 적당히 사귀다 헤어져"였고, 연애 때문에 징징대면 "그럼 때려치우든지"였다. 많이 만나봐야 사람 보는 눈이 생기는 건데, 어릴 때부터 쓸데없이 한 사람한테 목매지 말라는 게 엄마의 지론이었다. 결혼 안 하고 살겠다고 하면, "니 맘대로 해라. 그 대신 나중에 애 낳아와서 키워달라고 하면 가만 안 둔다"고 아무렇지 않게 말했던 엄마였다. 그때 엄마는 10년 후, 비혼주의자 딸을 하나도 아니고 둘이나 둔 처지가 될 것을 알고 그랬던 것일까? 아마도 몰랐을 것이다.

진심으로 원하는 것

너희들 인생이니 무조건 상관없던 엄마의 태도는, 언니와 내가 이십대 중반을 넘어선 이후 엄마 또래 지인의 자식들이 하나둘 결혼하는 것을 지켜보면서 미묘하게 바뀌었다. 끝없이 나가기만 하는 축의금이 아깝다며, "이것들은 도대체가 투자한 만큼 회수하게 해줄 것 같지 않아" 하면서, "아무나 한 놈씩 잡아와서 식만

올리면 그후로는 마음대로 살게 해줄게"라며 회유했다. 가끔은, "엄마가 아빠와 행복하게 사는 모습을 보여주지 못해서 너희가 결혼에 부정적인 것 같아 마음이 쓰인다"고 자책하기도 했고, "하지만 결혼도 괜찮을 수 있어"라는 부추기는 건지 말리는 건지 알 수 없는 말을 남기기도 했다.

한창 동창들 사이에서 선 자리를 주선하는 분위기가 있었을 때, 엄마는 이상하게 우리 집 딸들에게는 그런 제안이 전혀 들어오지 않는다고 고개를 갸우뚱했다. 남들 보기에 우리가 역시 뭔가 이상해서일까, 그 때문에 엄마 마음이 은근히 상한 것은 아닐까 슬쩍 눈치를 보고 있을 때, 엄마는 말했다. "아, 누가 우리 집에도 딸이 둘 있지 않냐고 물었을 때 내가 그랬구나. 우리 애들은 여성운동 해서 시어머니들을 괴롭힐 거야."

웬만한 일은 다 농담 따먹기로 낄낄대며 넘어가는 우리 집안 여자들의 문화 덕에 딸들이 왜 '정상적'으로 살지 않는 것일까 하는 문제는 심각한 논의의 대상이 되진 않았다. 하지만 엄마 역시 진심으로는 우리가 둥글둥글, 남들 입에 오르내리지 않고 모양 좋게 살기를 바랐던 것 같다. 정말 잘한 결혼, 꽤 좋은 인생의 파트너가 될 법한 사윗감 이야기를 들을 때마다 '우리 딸들도…' 하는 엄마의 눈빛을 볼 때면 알 수 있었다.

유학 가서 외국인 남자친구와 살고 있는 언니에게 엄마는 계속해서 결혼을 하면 어떻겠냐고 설득했다. 나는 약삭빠르게도, 그

나마 남자친구가 있는 언니를 결혼시키(고 나는 빠져나가)려고 옆에서 훈수를 두기도 했다. 엄마는 여전히 "굳이 안 할 건 뭐냐? 효도하는 셈치고"라며 언니를 꾀었고, 언니는 "굳이 할 건 뭐야? 그럼 2089년에 할 게"라고 응수했다. 엄마는 "그럼 그때 난 죽고 없다"며 섭섭해했고, "어쩜 둘이 똑같이, 나쁜 년들"이라고 욕하기도 하고 얕은 한숨을 쉬며 우리를 쳐다보기도 했다. 그럴 때면 마음이 아팠다. 사랑하는 사람이 원하는 일을 해주고 싶은 건 모두 다 똑같은 마음이니까.

엄마도 비혼 중

우리와 이야기할 때는 최대한 우리를 설득하려고, 꼭 굳이 남들이 가지 않는 어려운 길로 가려 하냐고 속상해하던 엄마의 태도는 친척들 앞에서는 돌변하곤 했다. 그렇게 우리를 회유하던 엄마가 그 앞에서는 우리의 선택을 변호하거나 지지했다.

언니가 사귄 지 3년 만에 처음으로 애인을 한국에 데려와 친척들에게 인사시켰을 때였다. 할아버지는 "그 사람이 정혼자냐, 결혼 계획은 어떻게 되느냐"고 물으셨다. 엄마는 놀랍게도 "2089년에 한답니다" 하고 철판을 깔았고, 친척들은 '도대체 이게 뭐지?' 하는 표정으로 엄마를 쳐다봤다. 그때 엄마의 대답은 놀라웠다. "결혼이 꼭 절대적인 것은 아니라고 봐요. 아이들의 가치관이 우리와 다를 수 있잖아요?"

딸들이 왜 '정상적'으로 살지 않는 것일까 하는 문제는
심각한 논의의 대상이 되진 않았다.

"외국 사람들은 결혼을 가볍게 생각하고 이혼도 더 쉽지 않으냐"고 할머니가 엄마에게 전화를 걸어와 걱정하실 때에도, 엄마는 "이혼이 뭐가 그렇게 남의 나라만의 일이에요? 주변을 잘 둘러보세요"라며 바로 할머니 아들인 삼촌이 이혼했음을 주지시켰다. 엄마는 남의 연애와 결혼에 입방아를 찧는 사람들을 보며 넌더리를 내기 시작했다.

결혼제도를 30년이나 겪고 그 제도의 함정에 대해 속속들이 아는 사람으로서 엄마에게는 어쩌면 스스로 원하든 그렇지 않았든 이미 딸들을 비혼으로 만들 잠재력 같은 것이 있었던 것 같다. 엄마는 들추면 고약한 냄새가 나고 말 못 할 비밀과 상처들을 가지고 있는 가족의 면면을 언니와 내가 커감에 따라 조금씩 우리와 공유했다. 엄마는 우스꽝스러운 것을 보면 그냥 넘어가는 법이 없었고, 친척들이 말도 안 되는 짓을 하면 우리랑 같이 욕했다.

절대 하지 말라고 한 적도 없지만 결혼이 모든 일의 해결책이 아니며 반드시 해야만 하는 숙제도 아님을, 엄마는 말하지 않고도 우리에게 가르쳐주었던 것 같다. 그로 인해 언니와 나는 가부장제의 허울 좋은 가족관계를 상대화하는 통찰력과 배짱을 배웠다. 과하게 간섭하고 통제하다 남보다 못한 관계가 되기 십상인, 나이 들수록 점점 짠한 감정만 더 커지는 그런 관계들.

지난해에 나는 엄마와 이전에 없이 크게 충돌했다. 단순하게는 연애 문제였고, 크게는 삶의 방식과 선택의 문제였고, 엄마가 말하기로는 인생을 대하는 나의 정신 상태 문제였다. 엄마에게 누구보다도 큰 영향을 받고, '모계적'으로 키워진 언니와 나였기에 아버지와의 관계에서 상처도 많이 받았지만 진심으로 인정받지 못하고 이해받지 못할까봐 두려워하는 상대는 엄마였다. 서로 모진 말을 주고받으면서 나는 깨달았다. 별다른 노력도 하지 않고 엄마가 당연히 나를 전적으로 이해해줄 거라고 믿었던 것이다. 어떤 상황에서건 예전처럼 무심하게 말이다.

갈등을 겪고 난 이후, 내 마음대로 살아놓고서는 엄마가 마치 한 몸처럼 날 이해해주길 바랐던 이기심을 돌아볼 수 있게 되었다. 시간이 지나고 나는 다시 애인도 없고 미래도 불안정한 딸로 엄마 곁에 있다. 언젠가 또 내가 선택한 길이 엄마를 실망시키게 될지도 모를 것이 두렵지만, 그럼에도 불구하고 이제는 조금 더 여유를 가지고 엄마와의 관계를 만들어나갈 수 있을 것 같다. 언니와 나는 우리 마음대로 각자의 방식으로 비혼의 삶을 결심했지만, 우리와 함께 엄마도 비혼을 겪고 있다는 것을 알고 있기 때문이다. ✿

니나 돌고 돌다 보면 결국 반짝거리는 여자들과, 그녀들이 쓰는 글 주변에 쭈그리고 앉게 되는 게으른 문학도.

아버지를 떠날 수밖에
없었던 이유

::**두번째** 이야기

어머니와 아버지는 너무나도 자연스럽게 이혼을 하셨다. 나는 그 사이에서 선택을 해야 했고, 두 가지의 선택지가 주어졌다. 경제적 부담을 지며 엄마와 함께 살기 혹은 탄탄한 경제적 뒷받침을 받으며 아빠와 함께 살기. 아버지와는 사이가 아주 안 좋았던 반면, 어머니와는 약간의 문제를 제외하고는 좋은 편이었다. 하지만 삶을 힘들어하는 엄마에게 경제적 어려움까지 지워주고 싶지 않았기 때문에 나는 후자를 선택했다. 많은 위험을 안고 아버지와 함께 살게 되었다. 그러나 나는 아버지를, 나를, 우리의 관계를 과소평가했던 것이다.

그냥 '딸'에서 '아버지의 딸'로

아버지는 내게 '집안을 돌보는 여자'의 자리를 요구했다. 아내가 있었을 때는 충실하고 성실한 아내가 그 몫을 묵묵히 해냈지만, 그 아내가 없어진 이상 큰딸인 내가 그 몫을 해야 했다. 나는 청소를 하고 빨래를 하고 식사를 챙기고 집안의 사소한 것들에 신경을 써야 했다. 교양 있는 대학교수로서 '딸들에게 자상하고 인자한' 아버지가 되길 바랐던 그는 일일이 세세하게 신경 쓰고 간섭하지는 않았지만, 언제나 지켜보고 있었다. 특히 돈과 관련된 부분에 있어서 "너희가 알아서 해라"라고 말했던 그였지만, 나는 자세한 사항들을 보고했고 그중 혹시라도 처음에 얘기했던 것과 다른 것이 있으면 화를 내지는 않을까 마음을 졸였다. 자신의 선택을 책임져야 한다는 의무감과 아버지의 권위 앞에서 나는 하고 싶은 말이 있어도 침묵을 지킬 수밖에 없었다. 그게 어쨌든 평화를 유지할 수 있는 방법이었으니까.

아버지와 함께 살게 되면서 이사를 갈 때였다. 아버지는 가사 도우미를 두 명이나 고용해서 이사 갈 집의 청소를 맡겼다. 그런데 이사 당일 확인해보니 제대로 청소가 되어 있지 않았다. 집 안 구석구석이 온통 먼지투성이였다. 이삿짐을 다 부리고 다시 청소를 해야만 했다. 나는 한밤중에 온몸에 락스를 묻혀가며 화장실 바닥을 닦기 시작했다. "화장실 청소 하고 있냐? 가정부들이 청소를 제대로 안 해놓고 갔더라." 아버지는 불룩 나온 배를 긁으면서 어슬렁거리며 다가와 한마디만 던지고는 텔레비전 앞에 가 누웠다. 집안일은 전혀 그의 소관이 아니었다. 안 그래도 사이가 좋지 않은 아버지와 같이 살게 되어서 긴장하고 스트레스를 받고 있던 나는 그 방관과 무책임함에 저절로 눈물을 뚝뚝 흘렸다. 나는 물을 크게 틀어놓고 아버지 모르게 수세미를 바닥에 내던지며 화를 풀어야 했다. 그렇게 묵묵히 청소만 했다.

매일 아침이면 8시에 일어나 아버지의 아침상을 차렸다. 미처 정리하지 못하고 나갔다가 저녁 때에야 들어오면, 식탁 위에는 다 비운 밥그릇과 반찬 그릇이 그대로 놓여 있었다. 바빠서 며칠 청소를 못 해 먼지와 머리카락이 굴러다녀도 아버지는 손가락 하나 까딱하지 않았다. "집 안에 먼지가 좀 있네"라고 무심히 한마디 던질 뿐이었다.

하루는 이런 적이 있었다. 아버지는 요새 자신의 식사가 부실하다면서 나에게 뭘 먹고 다니냐고 물어봤다.

"전 잘 먹고 다녀요. 김밥 같은 것도 먹고 그래요."

"왜 김밥 따위를 먹는 거야!"

아버지는 갑자기 언성을 높였다. 나는 짜증이 났다.

"김밥 하나만 먹어도 배부르고 다른 것도 먹는다고요. 그리고 김밥이 뭐 어때서요."

아버지는 더 화를 냈다. 사실 김밥 따위는 문제가 아니었다. 내가 그의 말에 동조하지 않고 말대꾸한 것에 화가 난 것이었다. 내가 김밥을 좋아하는지 싫어하는지 뭘 먹고 다니는지 그런 것보다도 왜 아버지의 식사를 충실히 챙기지 않는지 왜 아버지와 함께 밥을 먹지 않는지 그런 것이 문제였다. 아니, 그런 것보다도 그는 딸자식이 괘씸하고 배은망덕한 행동을 했다는 사실이 중요할 뿐이었다.

갈등의 끝, 그리고 탈출

숨 막히게 하는 것은 그것뿐만이 아니었다. 나는 아버지의 일거수일투족을 잘 챙겨야 할 뿐만 아니라, 아버지가 원하는 상에 맞는 삶을 살아야 했다. 딸자식은 나중에 결혼해서 남편의 돈으로 살아가야 하기 때문에 뚜렷한 직업이 없어도 되고, 돈을 조금 벌어도 되니까 대학원에 가도 되는 것이었다. 그렇지만 결혼생활을 파탄으로 몰아간 어머니처럼 "시부모에게 싸대기를 맞고 소박맞을 짓"을 하는 "못된 년"이 되어서는 안 되니까 지금부터 아버지를 잘 모셔야 하는 것이었다. 그리고 가난한 집안에서 자수성가해 대학교수가 된 아버지처럼 인생을 미리미리 계획해야 했다. 영어시험은 언제 보고 유학은 언제부터 준비해서 언제 가고, 외국에 다녀온 다음에는 뭘 할 건지를 정기적으로 아버지에게 보고해야 했다.

그렇지만 나는 끊임없는 영어시험과 인턴, 철저한 인생 계획보다는 음악을 듣고 그림을 보러 다니고 책을 읽고 좋아하는 친구들과 애기를 하는 게 더 좋았다. 뭉클뭉클하고 흐느적거리는 날들을 보내는 게 인생을 헛되이 보내는 거라고 생각하지 않았다.

좋은 남편을 만나고 돈이 많은 것보다도 마음 맞는 친구와 함께 수다를 떠는 게 더 행복한 거라고 생각했다. 술과 친구들을 좋아하고 색색의 알록달록한 매니큐어를 바르고 다녔다. 그런 내게 아버지는 화를 내고 경멸에 찬 눈빛을 던졌다.

"왜 매일 열한 시, 열두 시에 들어오는 거야? 너 술집 나가?"

술을 좋아하는 대학원 분위기 때문에 어쩔 수 없이 늦게 들어가면, 아버지는 "그 나쁜 이상한 교수들" "행실이 바르지 못한 딸"을 들먹이며 화를 냈다. 나는 집안일을 하지 않고 어른을 공경하지 않아서 '소박맞을 딸'이 됐고 더 나아가 매일 늦게 들어오는 '술집에 나가는 딸'이 되었다.

그날 이후, 아버지는 아버지에서 가부장이 되었다. 나는 친구들에게 아버지를 '가부장'이라고 부르기 시작했다. "가부장 때문에 이제 집에 가야 돼." 이전에 어머니를 통해서 걸러지고 간접적으로 다가왔던 아버지의 가부장성, 가부장으로서의 권위는 이제 직접적으로 피부에 와닿게 되었다. 그리고 깨달았다. '엄격한 아버지'와 '상냥한 어머니'라는 전형적인 부모상이 얼마나 철저하게 가부장적이고 모순적인 것이었는지.

'엄격한 아버지'들은 눈에 직접 보이지는 않는 권위를 행사하고, '상냥한 어머니'들은 그것을 필터링시켜서 조금 무뚝뚝하지만 실은 사랑으로 가득 차 있는 수줍은 애정으로 바꾸는 것이다.

자식들은 아버지가 만든 울타리에 갇히기도 하지만 어머니 덕분에 열린 문이 있는 그런 가족 안에서 안전하고 자유롭게 뛰어놀면서 자라는 것이다. 그렇지만 열려 있던 문이 사라지자 울타리가 점점 좁혀왔다. 나는 그 울타리가 언제나 뛰어넘을 수 있는 것이 아니라 매우 높고 가시덩굴로 뒤덮여 가까이 다가가지 못하는 것임을 깨달았다.

　나는 가부장의 존재를 잊기 위해 점점 방에서 나오지 않거나 아예 집에 들어가지 않게 되었다. 아버지는 자신을 돌봐야 하는 의무를 다하지 않고 규율을 어기는 딸에게 점점 불만과 화를 쌓아갔다. 그리고 너무도 당연하게, 많은 갈등과 싸움과 함께 우리 둘의 관계는 끝까지 치달았다.

그리고 나는 집을 나왔다

다행히 엄마는 이혼할 때 어느 정도의 돈을 나눠 가질 수 있었다. 처음엔 혼자 살거나 친구와 함께 살아볼 생각도 했지만, 엄마와 방 한 칸에서 함께 살기로 했다. 돈도 없었고 엄마에게 걱정을 끼치지 말아야겠다는 생각이 들었기 때문이었다. 그리고 생활비를 충당하기 위해 돈을 벌기 시작했다.

　주위의 누군가는 아버지에게 받을 수 있을 때까지 받으라고, 조금만 잘 해주면 몸도 편하지 않겠냐고 했다. 또 누군가는 그 정도면 괜찮은 아버지이고 또 참을 만하니 잘 지내보라고 했다. 사실 교수 아버지는 대학원생 딸에게는 매우 좋은 조건이었다. 그냥 밥만 잘 해주고, 공부 때문에 집에 늦게 들어간다고 그러면 등록금도 해결되고 생활비도 받고 좋지 않냐고들 했다. 그렇지만 나는, '생활하기' 위해서 경제적으로 넉넉히 지낼 수 있는 아버지를 택하지 않고, '살기' 위해서 경제적 부담이 있는 어머니를 택했다.

얼마나 속이 무거웠는지 모른다. 아버지와 함께 있는 시간은 언제나 감시받고 있다는 느낌에 단 1초도 편히 있을 수 없었다. 아버지와 함께 밥을 먹으면 위가 너무 쓰려서 밥을 넘길 수 없을 정도였고, 그런 날에는 몰래 위장약을 먹어야 했다. 언젠가 아버지와의 관계가 최악으로 내달았을 때, 나는 결국 울음을 터뜨리면서 말했다. 너무 힘들고 아버지에게는 아무 말도 할 수가 없다고, 왜 이런 상황과 감정을 이해해주지도 인정해주지도 않고 화만 내냐고. 그때 아버지가 뭐라고 했더라… 그는 왜 그러냐고 물어보지도 않았고, 그럴지는 미처 몰랐다는 식으로 일말의 미안함도 내비치지 않았다. 오히려 딸이 자기에게 버릇없게 울부짖는다고 뭐라고 했던 것 같다.

나와 공감하고 지지해주는 것은 바라지도 않았지만, 인정하거나 이해하려고 노력하지 않고 무조건 자신만을 내세우는 그 모습에 구겨지고 찢겨진 마음을 단호히 접었다. 그리고 더이상 다치지 않기 위해 떠났다. 이해받지 않아도 좋다고.

누군가는 나에게 배은망덕하다고 할 수도 있고, 참을성이 없다고 할 수도 있다. 또는 이기적이라고 할지도 모르겠다. 그렇지만 다른 삶을 선택하지 못하는 우유부단함이나 관성, 그리고 태어나서부터 지금까지의 삐거덕거리는 갈등을 방관하기만 하는 겁쟁이에서 벗어나 내가 원하는 삶을 스스로 선택하고 또 그를 위해 노력하고 있는 내 자신에게 박수를 쳐주고 싶다. 지금의 하루하루가 쉽지만은 않다. 어쨌든 탄탄한 경제적 뒷받침이 없어진 이상 먹고살 일을 걱정해야 하고, 다 큰 딸과 어머니와의 관계도 물 흐르듯 수월한 것은 아니니까. 그렇지만 이 선택이 옳은 것인지 그른 것인지는 그 누구도 판단할 수 없을뿐더러 중요하지도 않다. 어쨌든 이것은 나의 선택이다. 🌿

도로시

괜찮지 않아도 괜찮아, 라는 말에 힘을 얻고 잘 살고 있습니다.

착한 딸,
엄마를 떠나다

:: 세번째 이야기

얼마 전 엄마에게서 전화가 왔다. 아빠의 생신이니 아침밥이나 같이 먹자는 전화였다. 생전 가족 모두가 모여 누구 하나의 생일이란 걸 제대로 챙겨본 적 없는 가족임에도 불구하고, '가족'이라는 이름을 지키기 위해 늘 노력하는 건 엄마 쪽이었다.

엄마와 나

어릴 때 우리 집은 그야말로 매일매일이 폭풍 전야와 같이 아슬아슬했다. 엄마와 아빠가 늘 싸우는 통에 언제나 긴장감과 딱딱한 분위기가 감돌아 언니와 동생 누구에게도 집은 편안한 공간이 될 수 없었다. 엄마 아빠가 맞벌이를 하신 탓에 그럭저럭 유복하게 자란 편이지만, 가족이라는 단어에서 행복감을 느껴본 적은 별로 없었고, 그건 삼남매 모두 20대가 된 지금도 다를 바 없이 거북한 느낌으로 자리하고 있다.

엄마는 우리가 커갈수록 '가족다움'을 매우 열망하셨다. 기념일에 함께 만나 축하하며 덕담을 나누고, 과일을 앞에 두고 일상적인 이야기로 시간을 보내기도 하고, 만나는 사람이 생기면 엄마 아빠에게 웃으며 인사를 시키고… 주말 드라마에나 나올 법한 그런 모습들을 엄마는 평생의 소원처럼 말하곤 했다. 무뚝뚝한 가부장, 늘 자기 일에 바쁜 첫째와 아직 어린 막내를 빼고 나면 엄마의 지원군이 될 수 있는 사람은 언제나 나뿐이었다. 어릴 때부터 과일쟁반 담당이었던, 집안일을 제일 많이 도왔고 이웃들에게 인사 잘했던 둘째 딸은 엄마의 희망과 기대를 투영시킬 수 있는 유일한 존재였다.

기억 저편에

언니가 처음으로 대학에 들어가 허락받지 않은 채 외박을 했을 때, 엄마는 나에게 전화를 걸어 온갖 억측이 난무하는 이야기를 쏟아냈고, 아빠는 언니 물건을 모조리 끈으로 묶어 집 밖으로 던져버렸다. 집에 돌아온 언니는 억압적인 집 분위기에 나름대로 저항해야 했고, 당장이라도 울 것 같은 얼굴을 한 엄마의 얼굴을 보면서 나는 아빠와 언니를 중재하기 위해 서로를 설득하고 또 설득했다. 모두 엄마를 위해서였다. 엄마의 버거운 짐을 덜어주고 싶었고, 그것으로 인해 집안이 조용하길 바랐다. 엄마는 내가 가족의 갈등을 풀 수 있는 유일한 존재라고 믿었고, 나 또한 그것을 충실히 수행하려고 노력했다.

　나는 언제든 집안의 분란을 해결하는 역할을 맡았다. 엄마와 아빠가 싸울 때, 언니가 아빠에게 대들었을 때, 동생이 간신히 들어간 대학을 휴학하겠다고 선포했을 때도 나는 항상 그런 소식을 가장 먼저 알았다. 엄마는 언니 공부에 방해되니까, 동생은 마음이 여리니까 이야기하지 말라고 당부하곤 했다. 가부장의 표본인 아빠의 모습을 참지 못하여 엄마가 아빠에게 대들었을 때, 아빠는 화를 참지 못하고 엄마에게 쌍욕을 퍼붓고 폭력을 행사했다. 엄마는 사는 게 비굴하다며 결국 내 앞에서 속상한 심정을 토로했지만, 그래도 자식들은 아빠를 존중해야 한다며 아빠에게 '잘'하라고 했다. 나는 더이상 가족에게 잘하고 싶지 않았고, 엄마를 이해하고 싶지도 않았다. 나는 내 판단으로 옳고 그름을 분별하고자 했고, 그 어떤 굴레에도 내 생각과 판단을 억압받고 싶지 않았다.

　나는 헌신적인 엄마에게 행해지는 수많은 부당함과 자신밖에 생각할 줄 모르는 다른 가족들의 모습을 보고도 지리멸렬한 엄마의 삶에서 한 발자국 뒤로 물러서야 했다. 가족으로 묶여 있다는 이유만으로 헌신하고 또 헌신하는 삶을 사는 것은 나에게는 심적으로 너무나 괴로운 일이었다. 나조차 엄마에게서 떨어져 나가면

과연 누가 엄마 곁에서 엄마의 마음을 이해해줄까, 하는 생각이 나를 괴롭혔다. 하지만 나를 더욱더 괴롭게 한 것은, 엄마가 남편과 자식에게 상처받으면서도 늘 아무 일도 없었다는 듯 가족에게 잘하려고 노력하는 모습이었다. 아무것도 달라지는 것이 없는데도 엄마는 자꾸만 그렇게 했다. 엄마는 그게 '엄마'라고 했다.

풀리지 않는 실타래

나는 22살이 되던 해에 독립을 선언하고 짐을 싸서 집에서 멀지도 않은 학교 근처에서 자취를 시작했다. 오로지 혼자의 결정으로 독립을 결심한 나는 여린 엄마를 뒤로한 채, 가족이라는 말도 안 되는 허구를 견디지 못해 집을 뛰쳐나왔다. 엄마와 헤어지던 날, 엄마는 가구도 없는 텅 빈 방에 앉아 소리 없이 눈물을 삼키며 미안하다고 했다. 엄마가 돌아가고 난 뒤 나는 처음으로 혼자 소리 내어 울었다. 내 울음소리가 방 안을 가득 메운 그 순간, 나는 정말로 혼자가 되었다. 나에게서 엄마와 가족을, 그리고 엄마에게서 나를 분리시키는 과정이 필요하다고 생각했지만 그 어느 것 하나 쉬운 것은 없었다.

20대 초반의 여자가 혼자 자신의 삶을 책임질 수 있다고 누구도 생각해주지 않았고, 사실은 시도 때도 없이 엄마 생각이 났다. 엄마 옆에 내가 없으면 안 될 것 같은 순간들이 떠올랐고, 엄마에

나조차 엄마에게서 떨어져 나가면

과연 누가 곁에서

그녀의 마음을 이해해줄까

게 버팀목이 되지 못하고 있다는 생각이 나를 괴롭혔다. 때로는 세상에 나 혼자뿐인 것만 같아 몸서리치기도 했고, 예상하지 못한 많은 것들을 홀로 견뎌내야 할 때도 있었다. 엄마를 힘들게 하는 여러 가지 중에 나 하나가 더해진 것 같아서 그게 가장 죄송스러웠다.

하지만 나는 시간이 필요했고, 내 스스로 답을 찾을 수 있도록 도와줄 자존감과 자기애가 필요했다. 울고 싶을 때는 울고 화가 났을 때는 분노를 표현하며 '착하지 않은' 내 모습도 자연스레 받아들일 수 있는, 그야말로 내 진짜 모습을 마주할 공간과 시간이 절실했다. 때때로 보았던 아빠의 허울, 생각보다 여렸던 엄마의 모습들을 모른 척하며 꿋꿋이 살기엔 '착한 딸'에게 주어진 역할은 너무나도 가혹했다. 계속 이것들을 견뎌야 하는 이유를 설명할 언어가 나에겐 없었다.

'가족다운 모습'을 흉내 내야 하는 일은 나에게 삶 자체를 가식 덩어리로 느껴지도록 만들었다. '착한 둘째 딸'은 슬프고 속상할 때도 안쓰러워할 엄마 때문에 소리 내어 울 용기조차 없는 아이였다. 하지만 서로의 감정이나 욕망을 솔직하게 드러내는 것조차 낯선, 이놈의 가족이라는 것에 대해 나는 시간이 지날수록 환멸을 느끼고 있었다. 엄마가 바라는 결혼 같은 건 죽었다 깨어나도 하고 싶지 않았다. 엄마에게 '착한 딸'로 남는 것만을 인생의 목표로 생각하며 살기엔 난 너무 많은 것을 알아버렸다. 나는 '진짜 나'를 발견하고 싶었다.

집에서 나온 뒤로도 크고 작은 일들이 벌어지곤 했다. 하지만 따로 나와 살기 시작하자 그런 일을 보거나 듣는 일도 줄어들었다. 그러면서 자연스레 집을 찾아가는 횟수도 줄었고, 가족에 대한 걱정도 덜게 됐다. 물리적인 거리는 그다지 멀지 않았지만 심리적인 거리감은 흐르는 시간에 비례하여 커져만 갔다. 엄마는 간혹 언니나 동생에 대한 걱정과 고민 때문에 전화하곤 했지만, 나는 발 벗고 해결하려고 노력하지 않았다. 힘든 일을 겪고 난 뒤마다 엄마와 난 각자 흐트러진 일상을 되돌릴 시간과 마음의 여유가 필요했고 내가 따로 나와 살고 있는 상황이 그것을 자연스럽게 해주었다. 난 엄마 스스로 가족 때문에 아파하지 않는 방법을 깨닫기를 진심으로 바랐다.

가족이라는 이름이 전보다는 가볍게 느껴졌지만, 딸의 부재에 허전함을 느끼는 엄마를 놓아버린다는 느낌은 여전히 나를 사로잡았다. 엄마와의 관계를 지속하기 위해선 다른 방식의 노력이 필요했다. 가족을 위해 평생을 바친 그야말로 헌신이라는 두 글자가 아로새겨진 엄마가 '자식을 잘못 키웠다'거나 '헛되이 살았다'고 생각하지 않기를 바랐다.

혼자 살면서, 그리고 가족보다는 나 자신에게 집중하면서 나 또한 엄마에게서 심정적으로 독립하려 노력했다. 나는 최대한 내가 보고 판단하는 대로 엄마에게 말하고자 했다. 엄마는 갑자기 차가워진 내 모습에 놀랐지만 오랜 시간 속상해하지 않았다. 엄마는 나의 독립을 통해서 '헌신한다고 자식이 엄마가 원하는 대로 사는 것은 아니다' 라는 생각을 하게 된 것 같았다. 엄마가 더 이상 예전만큼 나를 의지하지 않는 것, 엄마 곁에 있지 못한다는 것 등등 온갖 상념이 마음 곳곳에 죄책감과 두려움으로 남아 있었지만, 그러한 감정은 더이상 '가족' 이라는 이름 때문이 아니었다. '엄마' 라는 단 하나의 존재를 위한 나의 마음이었고, 나는 전보다 진심으로 엄마를 대할 수 있었다.

엄마를 '진짜' 로 사랑하는 법

나는 엄마를 너무도 사랑해서 엄마 없인 못 살 것 같다는 생각을 한다. 공포영화를 볼 때 수도 없이 '엄마!' 라고 비명을 연발하고, 유명한 횟집 앞을 지날 때면 회를 좋아하는 엄마를 떠올린다. 엄마와 적절한 거리를 유지하고 있지만 엄마를 사랑하는 마음에는 변한 것이 없다. 다만 엄마에 대한 나의 사랑은 서로의 기대를 충족시키는 방식이 아닌, 각자의 가치관과 삶을 지지해주는 방식으로 바뀌고 있다. 나는 이 작업에 오랜 시간을 들여왔고 앞으로도 계속 노력하려고 한다. 가족 때문에 아파하는 엄마를 지금보다는 덜 보게 되기를 소망하니까. 그리고 내가 없어도 엄마가 가족으로 인해 상처받지 않기를 원하니까 말이다.

로나 비 오는 날을 좋아하는, 오지랖이 넓은 여자. 자유로운 삶을 아주 천천히 길게 부르짖고 싶은, 나는야 애정 충만 로나!

아버지, 당신은 정자 기증자

:: **네번째** 이야기

그래, 나는 패륜아다

"너를 감옥에 처넣어버리고 말겠어! 거기서 천년만년 영원히 썩었으면 좋겠어! 죽을 때까지 널 나오지 못하게 만들 거야!"

분노에 전율하다 소스라치게 놀라 잠에서 깼다. 베개와 이불이 땀으로 흥건하게 젖어 있었다. 나는 가쁜 숨을 몰아쉬며 가슴을 쓸어내렸다.

이 분노와 증오에 찬 외마디 비명이 나의 생부, 아버지를 향한 항변이라면, 당신은 믿을 수 있겠는가? 도대체 어떤 사정이 있었기에 자신을 낳아준 친아버지에게 저주의 욕설을 퍼붓는 것일까? '그래도 너를 낳아준 생부인데…' '그래도 자식 된 도리로서 말이야…' 하는 세간의 말 따위 무시하며 산 지 오래되었다.

낳아주긴 뭘 낳아줬나. 어마어마한 산고의 고통을 겪은 사람도 어머니고, 먹이고 입히고 교육시킨 것도 어머니다. 아버지는 자식들에게 철저하게 무관심으로 일관한 사람이었다. 아침에는 어머니가 차려주는 밥을 먹었고, 밤 늦게는 집을 여관 삼아 잠만 잤고, 밖에서는 잘나가는 세무사로서 많은 돈을 벌었다. 그래, 돈은 잘 벌어서 자식들이 좋은 교육받고 유복하게 살았다 치자. 그러나 아버지에게 감히 한마디 해볼까. 어머니는 우유 한 병 사 먹을 돈까지 아껴가며 아버지의 세무사 시험공부를 장장 7년 동안이나 뒷바라지하셨고, 아버지는 그런 어머니의 뼈를 깎는 희생을 밑바탕으로 잘나가는 세무사가 되었다. 만약 반대로 아버지가 어머니를 뒷바라지해서 우리 4남매가 어머니를 세무사로 두었다면, 우리 가족은 이렇게 처참하게 상처 입지도, 불행하지도 않았을 것이다.

"철천지 웬수, 갈아 마셔도 시원치 않다." 아버지를 두고 어머니와 내가 하는 말이다. 그는 13년 전에 집을 나가 딴살림을 차렸고, 그 사이에서 딸을 두 명 낳았으며, 그리고 4명의 아이들을 어머니에게 떠맡기고 위자료 한 푼 주지 않았다. 오히려 적반하장으로 버림받은 우리를 끊임없이 괴롭혀왔다. 그 괴롭힘은 현재까지도 진행형이다. 돈을 뜯어내기 위해 우리를 고소하고, 어머니 이름으로 되어 있는 아파트를 가압류하여 우리에게 몇천만 원의 빚을 지게 만들었다. 나는 곧 법정에서 아버지를 만나게 될 것이다. 사기죄로 2010년까지 형을 선고받아 교도소에 갇혀 있는 그는 죄수복을 입고 손이 묶인 채 예의 그 동정을 바라는 눈빛으로 어머니와 나를 바라보겠지. 그러나 착각 마시라. 그런 당신을 눈물 흘리며 동정했던 나는 이미 너무 많이 커버렸다.

가족을 팔아먹은 기호 ○번

세무사인 본업을 등한시하고 고향인 안동에서 국회의원이 되겠다며 출마를 하느라 막대하게 들어간 돈과 빚. 우리 가족은 한순간에 몰락했고 커다란 정원이 있던 3층짜리 저택에서 4천만 원짜리 전세방으로 이사를 가야 했다. 정든 감나무와 이별하고 많은 책들을 쓰레기더미에 처박고 도망치듯 좁은 방으로 들어갔을 때, 어머니와 우리 4남매가 피눈물을 흘렸다는 사실을 당신은 알고 있는가. 정치한다며 상대 후보를 비방하다 무고죄로 형을 살자, 국졸 학력인 어머니는 생계를 잇기 위해 보험회사 영업사원으로 직업 전선에 뛰어들었다. 그리고 나는 대학교 2학년 때부터 닥치는 대로 아르바이트를 해야 했다. 당시 막내 여동생 나이는 한창 감수성 여린 11살이었다. 그녀는 한참 지나고 나서야 고백했다. "그때 엄마가 우리를 버리고 도망갈까봐 불안해서 잠을 자지 못했어…." 동생은 그 어린 나이에 겪은 정신적 외상으로 아직도 우울증 약을 복용하고 있다.

　나는 기억한다, 가끔씩 울어서 퉁퉁 부은 얼굴로 집에 들어오는 어머니를. 보험 영업을 하면서 받는 강도 높은 스트레스와 4

남매라는 커다란 짐 때문이었으리라. 차마 집에서조차 발 뻗고 울어보지 못했던 어머니. 남편이라는 이름의 '웬수' 때문에 한평생 그 뒤치다꺼리에 피 흘리신 내 어머니. "여기저기 돈 구걸하게 만든 나쁜 놈!" 어머니는 아버지를 원망하고 또 증오하며 이를 악물고 참고 또 참아냈다. 그러나 너무 오랜 세월 화를 참아온 탓일까. 그로부터 10여 년이 흘러 대장암과 간암을 선고받고, 1년 동안 전신마취를 하는 대수술을 두 번이나 받아야 했다. 아버지는 그 와중에도 문병조차 오지 않았다. 나는 장녀로서 어머니의 병간호와 일, 자격증 공부를 함께 하면서 해골바가지 꼴로 돌아다녔다. 화장을 하지 않으면 집 밖을 나가지 않는, 미인이라는 소리를 꽤 많이 들었던 어머니의 머리카락이 한 올도 남지 않고 다 빠졌을 때, 나는 흐르는 눈물을 꿀꺽꿀꺽 다 삼켜야 했다. 나마저 무너지고 싶지는 않았기에. 그때 알았다. 눈물도 너무 많이 삼키면 체한다는 것을.

그를 향해 흘린 두 번의 눈물

나는 아버지라는 한 인간이 불쌍해서 내 평생에 걸쳐 지금까지 딱 두 번 눈물을 흘렸다. 집안이 쫄딱 망하고, 빚 때문에 교도소에 갇힌 아버지를 면회하러 갔을 때였다. 아버지는 평소에도 책을 옆에 끼고 사는 독서광이었다. 나는 아버지가 좋아할 만한 책 두 권과 안에서 편안히 잘 생활하시라고 적은 편지를 함께 넣었

나는 아버지라는

한 인간이 불쌍해서

내 평생에 걸쳐

지금까지 딱 두 번

눈물을 흘렸다.

다. 면회 신청을 하고 초조하게 기다리던 20대 초반의 나는, 쇠창살 사이로 죄수복을 입고 나온 아버지를 보고 적지 않은 충격을 받았다. 짧은 대화를 나누고, 뒤돌아서 걸어 나오던 교도소 안의 기나긴 가로수 길 위에서 이유를 알 수 없는 눈물이 바람을 타고 흩어졌다. 그렇게 증오하고 미워했던 아버지였는데… 이것은 갇혀 있는 타인에 대한 동정심인가, 아니면 딸로서의 애도인가. 나는 그때나 지금이나 그 눈물의 의미를 알 수 없다.

그리고 몇 년 후. "고소인이 피고소인의 친딸인 것이 사실입니까?" 검사의 권위적인 목소리가 법정에 울려 퍼졌다. 아버지는 돈이 궁해지자 동의 없이 내 이름으로 사업자 등록을 해놓고 편법으로 돈을 유용하여 내 앞으로 2천만 원 정도의 세금이 나오게 만들었다. 법률 상담 결과, 내가 그 빚을 물지 않기 위해서는 아버지를 고소하는 방법 밖에 없었다. 그리고 나는 한 치의 망설임 없이 고소장을 제출했다.

내가 법정에 서서 선서를 하고, 아버지가 포승줄에 묶여 나왔을 때, 나를 쳐다보던 그 비굴한 눈빛을 결코 잊을 수 없을 것이다. 괴롭고 아팠다. '나를 왜 이렇게 비참하고 절망적인 자리에 서도록 만드셨습니까?' 그 자리에서 모든 것을 박차고 뛰쳐나오고 싶었다. '친부를 고소한 매정한 딸!' 세상 사람들이 내게 그렇게 소리치는 것만 같았고, 그것은 내가 내 자신을 가혹하게 채찍질하던 목소리이기도 했다. 법정을 나와 지하철로 뛰어가면서 조금 울었던 것 같다. 빚에서는 홀가분하게 벗어났지만, 나는 울고 있는 내 자신이 미웠다. 나는 그때까지도 내 자신에게서 완전히 해방되지 못했다. 아니, 좀더 정확하게 말하면 가부장이라는 두 얼굴의 올가미로부터. 모든 것의 원인을 제공한 아버지가 저지른 일에 괴롭힘을 당하면서도, 왜 아버지에 대한 죄책감이 남아 있어야 했을까? 나는 그에 대해서 한참을 생각해야 했다.

이제 당신은 아웃이야!

이력서를 쓰거나 면접을 보아야 했을 때, 나는 늘 자신을 속여야 했다. 가족 사항에 아버지의 이름을 함께 써넣고, 면접에서도 아버지가 있는 사람처럼 행동해야 했을 때 나는 참담함을 느꼈다. 아니, 그보다 더 힘든 것은 결손가정에서 자란 자식들에 대한 세간의 편견이었다. '아버지 없이 자랐으니 얼마나 제멋대로일꼬' '아버지 없는 반쪽짜리 자식들'이라는 사람들의 말에 나는 상처를 받았다. 그러나 우리 4남매는 오히려 아버지가 없는 가족 안에서 정서적으로 안정되었고, 서로 의지할 수 있었으며, 올바르게 성장할 수 있었다. 손가락질하며 마음대로 생각하라지! '정상가족'이라는 미명하에서, 가부장들의 학대에 시달리는 여성과 아동들의 수가 얼마나 많은지 통계를 한번 보시라. 그럼에도 불구하고 '아버지는 반드시 있어야 한다'는 색안경을 끼고 소위 '비정상가족'들을 마음대로 재단할 수 있을까.

그로부터 세월은 흘렀고, 흐르는 강물에 결코 핏물이 고여 있을 수 없듯, 나는 꽤 유유하고 담대해졌다. 오히려 아버지의 부재와 그와의 애증의 세월이 내게 얼마나 많은 자유와 성숙함을 주었는지… 아버지의 부재는 우리에게 아무런 문제가 되지 않았다.

나는 당당하게 세상에 대고 소리칠 것이다. 나를 '패륜아'라 불러도 좋고, '나쁜 년'이라고 욕해도 좋다. 나는 곧 법정에서 아버지를 만나면 검사에게 이렇게 외칠 것이다. "그는 아버지가 아니라 정자 기증자에 불과합니다"라고. 그리고 "가족 파괴 범죄자"라고.

참, 단 한 가지 당신에게 감사해야 할 일이 있다. 나를 여성과 약자들이 좀더 평화롭게 살 수 있도록 세상을 바꿔야 한다는 굳은 신념의 소유자로 만들어준 것, 나라는 쇠가 더 강해질 수 있도록 훨훨 타는 불구덩이 속에 던져 넣어준 것, 잊지 않겠다. 이 법정을 끝으로 앞으로 우리 삶에 더는 관여하지 말아주기를. 또, 다른 배에서 태어난 당신의 어린 두 딸들에게는 더이상 상처 주지 않기를. 한 가족의 가장이라는 이름이 늘 버거웠던 당신, 다음 세상에서는 당신으로 인해 상처 입었던 영혼들에게 한평생 속죄하며 살아가기를.

정자 기증자여! 나로부터, 어머니의 자식들인 우리로부터, 당신은 완벽하게 '아웃'입니다. 🌿

레드걸 배우, 연극, 영화, 행위예술, 춤, 글쓰기 등 다양한 분야를 넘나드는 어쩔 수 없는 만능 연예인. '투쟁 없이는 아무것도 얻어내지 못한다'는 신조를 갖고 있으며, 사회적 약자들이 행복한 유토피아를 꿈꾸는 못 말릴 몽상가이자 휴머니스트.

언니들, 집을 나가다

그러니까
엄마도 독립해

:: **다섯번째** 이야기

아버지, 집을 나가다

남자는 도박, 계집질, 술만 조심하면 데리고 살 만하다는 우리 사회 어머니들의 지론에 비추어볼 때, 내 아버지는 결격 사유가 한두 가지가 아니었다. 하지만 내가 보기에 그 세 가지보다 으뜸가는 것은 엄마에 대한 극심한 폭력이었다. 도박이야 은행 잔고가 변하는 일이라 어릴 적엔 잘 알 수 없는 일이었지만, 폭력은 바로 내 눈앞에서 일어나는 끔찍한 일이었기 때문에 여전히 생생하게 기억이 난다. 열 살 정도 되었던 내가 아빠 허리를 잡고 싸움을 말리다가 한바탕 싸움이 사그라진 후, 피가 묻어 있는 내 옷을 내려다보고는 잠시 현기증이 났던 게 기억난다. 아버지가 정신을 잃은 엄마에게 물을 먹이는 것을 보면서 싸움이 끝났다는 안도감만이 있었을 뿐, 달리 강렬한 감정이 들지는 않았다.

　내가 열일곱 정도 되던 해에 엄마는 용감하게, 그리고 정말 고맙게도 이혼을 결심했다. 하지만 경제적으로 무능력해져버린 아버지가 순순히 집에서 나갈 리 만무했다. 엄마는 일정 기간 동안 집을 나가 있었다. 호락호락하지 않은 언니와 아버지의 몸싸움이 지속됐고, 아버지는 아직 고등학생이었던 나를 양육하는 것이 부담스러웠는지 한 달을 버티다 자신의 고향인 제주도로 가버렸다. 내가 나가야 엄마가 들어온다, 면서.

　엄마, 언니, 나 이렇게 셋이서만 살기를 얼마나 꿈꿔왔던가. 이제 행복하게 사는 일은 어려운 일도 아닌 듯 보였다. 소위 '명문대'에 들어간 언니와 나는 엄마에게 자랑거리이자 삶의 가장 큰 보상이었다. 하지만 이것이 이 이야기의 해피엔딩이었다면….

엄마와의 동거

대학생이 되고, 이제는 거슬릴 것이 없었다. 이제 서로를 사랑하기만 하면 되는 가족과 성인에게 주어지는 얼마간의 자유가 있었다. 고등학교 때에는, 실직하고 집에 있던 아버지가 일을 마치고 돌아오는 엄마를 붙잡고 또 한판 난리굿을 벌일까봐 학교가 끝나자마자 불안한 마음으로 집으로 향했다. 방과 후 학원을 가거나 동아리 활동이라도 하고 있을 때면, '엄마가 집에 왔으면 어쩌지? 그런데 내가 이래도 되나?' 라는 생각이 십 분에 한 번씩 들었다. 하지만 이제 난, 잠시 한눈을 팔아도 좋고, 잠시 정신없이 놀아도 좋았다. 하지만 그건 나의 바람일 뿐이었다.

엄마는 내가 종종 외박을 하고 학업에 성실하지 못한 것에 대해 불안함과 조급함을 표현하기 시작했다. "내가 널 어떻게 키웠는데…" "딴 여자들은 새끼 놔두고 도망가도 벌써 갔다." "니네 엄마 대단할 줄 알아라." "니 아버지가 집을 이 꼴로 만들어놔서…" "아버지가 있었으면 니네들이 이렇게 제멋대로 했겠냐." "엄마를 무시하는 거냐." 우리는 이런 말을 수시로 들어야 했다. 엄마는 끔찍했던 아버지와의 시절을 겪어낸 자신의 노고를 치하해주기를, 그래서 더욱 자식들이 분발하기를 바랐다.

하지만 '잘못했다'고 말하고 싶지는 않았다. 내가 유치원에 다닐 즈음의 어느 날 밤, 아버지는 엄마를 안방으로 데려가 문을 잠그고 때리기 시작했다. 나와 언니는 잠긴 문고리에 매달려서 울며불며 외쳤다. "우리가 잘못했어요!" 그 작던 손으로는 엄마를 때리려는 아빠의 팔뚝 하나 잡기도 버거웠기에 언니와 내가 할 수 있는 유일한 일은 '잘못했다'고 '공부 열심히 하겠다'며 비는 것이었다. 그래서 그런지 몰라도 공부를 꽤 열심히 했다. 이 집안에 행복이 올 것이라 믿으면서.

엄마에 대한 부채감

우리 세 식구 중 가장 억울하고, 손해 보고, 고통스러운 사람이 엄마였다는 이야기는 언니와 나를 적잖이 괴롭혔다. 우리는 모두 각자의 위치에서 고통을 분담해왔다. 하지만 식민지 같은 시기가 끝난 후, 나의 고통과 욕망을 주장하는 것에는 '이기적'이라는 꼬리표가 달렸다. 아버지와 결별한 후 몇 년 동안, 나는 그 끔찍한 폭력이 재현되는 꿈에 시달렸고, 번번이 엄마를 지켜내지 못해 꿈속에서 미쳐 날뛰었다. 난 얼마간 이 꿈이 아버지의 폭력에 대한 트라우마 때문이라고 생각했지만, 언제부터인가 엄마에 대한 무거운 부채감 때문이라는 것을 깨달았다.

그때부터 나를 가정폭력의 방관자나 엄마의 상처를 치유해주어야 할 사람으로 생각하기를 그만두었다. 스스로를 엄마와 같지는 않을지라도, 일종의 피해자라고 생각하게 되었다. 그리고 엄마는 자신의 상처를 보상하기 위해 내 삶에 대해 일정 정도, 실은 상당히 많은 지분을 요구하고 있는 것이 아닌가 생각했다.

나는 이혼이 오점이라고 생각하는 엄마에게 힘을 주기 위해 엄마의 결심이 얼마나 현명하고 용감한 것이었는지 말해주었던 딸이었다. 그러나 나의 삶을 엄마의 상처에 장악당하지 않기 위해 매몰차게, 싸가지 없게 엄마를 뿌리치기 시작했다. 그것은 그리 유쾌하고 신나는 일이 아니었다.

엄마가 고생과 고통을 내세워 다가올라치면, '해준 게 뭐가 있다고' '엄마 욕심 때문에 삶을 포기해야 하냐' '더이상 바라지 말고 혼자 살아'라며 소리를 질렀다. 엄마가 떨어뜨리는 고통 섞인 한마디 한마디가 벌레처럼 내 몸을 기어올라 올까봐 소스라쳤다.

자식만 보고 삼십여 년을 인내하고 있는 엄마가 가슴 치지 않고서는 듣기 힘든 말들을 내뱉고서는, 난 매일 혼자 울고 죄책감으로 나를 짓누르기를 반복했다.

이런 엄마와 거리두기를 할 수 있게 된 것은 몇 년간의 고집스러운 외박과 싸움으로 얻어낸 애인과의 동거가 계기였다. 시시콜콜 딸의 삶을 살펴보고 개입하려는 엄마의 간섭이 숨 막혔기에 엄마와 다른 공간에서 산다는 것은 신선한 공기를 마시는 것과 같았다. 엄마가 나를 돌보도록 놔두지 않는 것은 내 스스로 엄마의 상처와 욕심에서 벗어날 유일한 방법이었던 것이다. 동시에 그것은 엄마가 자신의 상처를 스스로 돌보도록 만드는 일이기도 했다.

엄마와 나, 각자의 독립을 꿈꾸며

엄마와의 2~3년의 별거 동안 작은 변화도 생겼다. 처음엔 전화통화만 하면, '엄마가 죽어도 넌 모르겠네'라는 반협박성 멘트를 뱉는 것이 수순이었다. 하지만 이제 엄마는 방송통신대학에 다니면서 종종 도서관에서 내가 읽어보지도 못한 '무슨 무슨 론'하는 식으로 제목이 붙은 책을 빌려다 달라고 한다. 집에 가보면, 전에는 빠듯한 생활 때문에 번번이 말려 죽였던 화초들도 이제는 무성하게 자라 있다.

하지만, 엄마가 애인과의 동거를 허락한 것은 자축만 할 일이 아니었다. 엄마는 칠 년간 사귄 애인과 내가 '어차피 결혼할 테니'라는 전제이자 조건을 달았다. '성공하지 못하면 결혼이라도 잘해야 한다'는 엄마의 바람은 아직 정면에서 싸울 엄두가 나지 않을 만큼 큰 욕망이지만, 일단은 그 기대를 빌려 엄마로부터 도피할 작은 공간을 가질 수 있었던 것이다.

얼마 전 애인과 헤어질 생각으로 나의 짐 일부를 싸서 집으로 보낸 적이 있다. 엄마에게는 '그냥 엄마랑 살고 싶어서'라고 둘러댈 참이었으나 그건 매우 순진한 생각이었다. 엄마는 무슨 일 있냐, 결혼할 사람이 거기에 짐을 놓고 있어야지 왜 다시 여기로 보내냐 하면서 날뛰었다. 내가 누누이 결혼이란 건 하지 않는다고 말하면, 엄마는 철없다고 꾸짖었다. 엄마는 시댁이 대학원 공부와 유학 비용을 해결해줄 것이라는 혼자만의 환상을 기정사실로 만들어 믿고 있는 터였다. 애인과 헤어진다면 애인의 부모라도 만날 기세였다. 떨어져 있다고 해서, 엄마가 나를 통해 욕망하기를 멈춘 것은 아니었다. 여전히 엄마의 욕망 안에서 허우적거리고 있다는 사실을 잠시 잊었던 나를 원망했다.

엄마로부터의 독립은 나 하나로서 온전한 사람으로 살 수 있기를 추구하는 온갖 과정들 속에서 진행 중인, 그리고 오래도록 지속될 프로젝트이다. 엄마와 나 각각 하나의 완전한 사람으로서 독립할 수 있기를 꿈꾼다. 🌾

더지   대학원에서 여성학을 공부하고 있지만, 땅속에 백 가지 꿍꿍이를 파묻어 놓고 혼자 키득거리는 음흉한 두더지.

엇갈린
자매 이야기

니가 창피해

아빠의 60번째 생신이라 집 근처 작은 식당을 빌려 친척들과 식사를 했다. 점심은 친가 친척들, 점심과 저녁 사이에는 외가 친척들이 다녀갔고, 저녁엔 아빠의 사돈 그러니까 언니의 시댁 사람들이 올 예정이었다. 엄마와 언니는 그 뒤치다꺼리를 하느라 종일 식당에 붙어 있었고, 별반 할 일이 없던 난 낮 동안 밖을 쏘다니다 저녁이 돼서 잠시 집에 들렀다. 난 대충 가방을 던져두고, 손을 씻고서 다시 식당으로 가려고 했다. 그때 전화벨이 울렸다. 언니였다.

"너 지금 올 거야?"

"응, 막 나가려던 참인데…."

"시호 시켜서 밥 갖다줄 테니까, 넌 그냥 집에서 먹어."

"왜? 귀찮게 뭘 그래. 내가 가면 되는데."

"휴, 우리 시부모님이 곧 오신댔단 말이야. 그냥 집에서 먹어."

"언니네 시부모가 오는데, 왜 내가 집에서 밥을 먹어?"

"설명하기 귀찮으니까 그렇지."

"설명할 게 뭐 있어? 나 언니 시집갈 때 그분들 봤는데?"

"그냥 집에서 먹으라면 먹어. 너도 어른들이랑 같이 밥 먹으면 불편하잖아."

"괜찮아. 만날 그러는 것도 아니고… 오늘은 아빠 생신이잖아. 그냥 같이 먹을래."

"내가 창피하단 말이야! 제발, 말 좀 들어."

그후의 대화는 내 머릿속에서 마구 토막이 나버렸다. 나는 왜 창피하냐고 따져 물었고, 언니가 동생을 창피하게 여겨도 되는 거냐고 대들었으며, 아빠 생신인데 왜 나는 함께 있으면 안 되는 거냐고 소리를 질렀다. 눈물이 쏟아졌다. 원래 눈물이 없는 편이라 내가 울고 있다는 사실이 더 놀랍고 분했다. 그걸 감추려 소리를 질렀지만, 그럴수록 눈물만 더 나올 뿐이었다.

맏딸과 둘째 딸 사이

우리 집에서 가난을 겪은 자식은 언니 하나였다. 언니는 유치원을 가지 못했다. 세리가 그려진 구두를 사달라는 간절한 부탁은 번번이 거절당했으며, 피아노 학원을 가고 싶어 한 달 열흘을 울었지만 끝내 갈 수 없었다. 대신 일 나가신 엄마를 기다리다 지친 동생을 위해 다섯 살 때 처음 밥을 지었고, '여자애 혼자 자취를 시킬 수 없다'며 아빠가 반대한—언니가 원했던—대학 대신, 집 근처의—아빠가 흡족해하는—가정관리학과에 입학했다. 자신을 꾸밀 줄 아는 적당히 사치스러운 센스를 지녔고, 별나게 요리를 잘했고, 어른들께 무척이나 싹싹했던 언니는 '참한 맏며느릿감'의 전형이었다. 친척이나 동네 어른들은 하나같이 여자다운 언니를 칭찬했고, 언니는 단 한 번도 그들의 기대와 예상에 실망을 안겨주지 않았다. 결혼 역시 그랬다. '여자는 스물다섯 이전이 금값'이라는 부모님의 지론에 따라 대학을 졸업하던 해 겨울, 첫 선을 본 남자의 아내가 되기 위해 눈부신 흰 드레스를 입고 식장 안으로 사뿐히 걸음을 떼놓았다. 언니는 그런 맏딸이었다.

  딸만 셋인 우리 집에서 나의 역할은 '아들'이었다. 명절이면 아빠를 따라 조부모의 묘에 벌초를 갔고, 막내 사촌오빠와 함께 차례 상차림을 거들었다. 먼 친척 어른이 나를 '맏상주'라 부르며 술을 권할 때도(그때 나는 초등학교 4학년이었다!) 집안 식구 중 누구도 이를 정정해주거나 말리지 않았다. 짧은 머리나 큰 목소리, 느릿한 팔자걸음도 그런 이유로 용서가 되었고, 청소보단 짐 나르기에 요리보단 아빠의 술 상대에 동원되었다. 대학생인 언니에게 겐 절대 불가했던 외박이 고등학생인 나에겐 허락되었고, 대학을 선택할 때도 집과의 물리적 거리는 고려 대상이 되지 않았다. 선머슴 같은 괄괄한 성격이나 드센 자기주장도 부모님에게 걱정보단 특별함이었고, 전교 몇 등을 다투는 성적에 내내 반장을 도맡았던 나는 가족의 자랑이었다. 나는 그런 둘째 딸이었다.

언니와 나는 같은 혈액형을 가지고 같은 별자리에서 태어났지만, 서로 생판 달랐다. 하지만 그것이 문제는 아니었다. 물론 가끔은 그 다름에 고개를 흔들기도 했지만, 대체로 서로의 다름을 신기해하고 재미있어 했다. 결혼하지는 않을 것이라고 선언한 나를 위해 언니는 '멋진 싱글이 되기 위해 필요한 10가지' 같은 신문 기사를 찾아 신이 나서 읽어주었고, 아이 때문에 그 좋아하는 쇼핑을 실컷 하지 못하는 언니를 위해 나는 2시간이나 전철과 버스를 타고 가 기꺼이 베이비시터가 되어주었다. 우리는 사이 좋은 자매였다. 그 일이 있기 전까지는.

세상에 찌든 속물 vs 세상 물정 모르는 철부지

나는 언니가 먼저 사과할 줄 알았다. 당연히 그래야 한다고 생각했다. 하지만 사과는커녕 연락조차 없었다. 일주일이 지나고, 한 달이 지나고… 그러다 일 년이 지났다. 그동안 식구들은 작당이나 한 듯 침묵을 지켰다. 나는 모두가 원망스러웠다. 왜 아무도 나는 언니가 먼저 사과할 줄 알았다.

하지만 언니는 연락조차 없었다.

그리고 일 년이 지났다.

내 편을 들어주지 않는 걸까. 왜 아무도 사과하라고 언니를 다그치지 않는 걸까. 더이상 참을 수 없었던 나는 엄마에게 퉁명스럽게 말을 뱉었고, 엄마 대답은 눈물 바람이었다. 엄마는 몇 분이 지나서야 눈물을 훔쳐내며 입을 뗐다. "네 언니도 너한테 기대한 게 많아서 그래. 네가 좀 이해해주면 안 되겠니?"

언니가 결혼한 지 13년, 내가 가족에게 결혼을 하지 않겠다고 선언한 지 8년이 지났다. 그리고 분명히 그 시간만큼 우리는 변했다. 서로 애써 모르는 척 외면하고 있었을 뿐. 50평짜리 아파트를 꿈꾸며 일주일에 네댓 개의 학원으로 아이들을 보내는 언니를 나는 세상에 찌든 속물이라고 생각하고, 돈 안 되는 일만 쫓아다니며 배부른 돼지보다 배고픈 소크라테스가 되겠다는 나를 언니는 세상 물정 모르는 철부지라 여긴다. '아이를 낳아야 진짜 어른'이라는 고릿적 주장을 토씨 하나 틀리지 않고 답습하는 언니와 입양기관에서 제시하는 부모의 기준에 턱없이 모자라는 나 사이에는 이미 한강이 흐르고도 한 뼘이나 남는 거리가 생겼을지 모른다.

어쩌면 수년 전 언니가 상상하며 지지했던 '남자와 결혼하지 않는 삶'은 이런 게 아니었을까. 고층 빌딩의 멋들어진 회의실에 앉아 기똥찬 아이디어로 동료들의 코를 납작하게 만드는, 저녁이면 화려한 도시의 야경을 내려다보며 매끈한 트레이닝복을 입고 러닝머신 위를 뛰는, 자신을 위해 값비싼 핸드백과 구두를 살 준비가 언제든 되어 있는 인생 말이다. 그렇다면 단언하건대, 난 앞으로도 영원히 언니의 기대에 부응하는 동생은 되지 못할 것이다. 설령 그것이 언니에게 참을 수 없는 빈곤함을 느끼게 하는 일이래도 어쩔 수 없다. 나는 '너무 잘나서 웬만한 남자 따윈 눈에 차지 않는' 골드미스(세상에 그런 사람이 존재한다면 말이다)가 아니라, 진지하게 삶을 고민하고 성찰하며, 남보다 덜 가지기를 택한 비혼이기 때문이다. 약삭빠르게 제 잇속을 챙겨 부자가 되지 않아도, 세상에 부러울 것 없이 성공해 이름을 날리지 않아도 무엇이 진정 부끄럽고 창피한 일인지를 아는 내가, 나는 자랑스럽다.

언젠가 더 많은 세월이 흐른 후 따뜻한 아랫목에 사각거리는 이불을 덮고 앉아 군고구마를 까먹으며 조곤조곤 옛이야기를 나눌 시간이 주어진다면 언니에게 말해주고 싶다. 나를 창피하게 생각한 언니가 나는 정말 부끄러웠다고. 그리고 나는 정말 행복하게 살았노라고. 🌿

달반 아직은 세상 모든 '관계'가 너무나 벅차고 힘들지만, 그래도 조심스레 눈인사를 건네 봐야겠다고 생각하는 소심하고 평범한 비혼인.

착한 며느리 따위
되지 않겠다

:: **일곱번째** 이야기

"늦었다, 늦었어. 빨리 준비해."

"오빠, 잠깐 얘기 좀 해… 나 어머님 댁에 정말 가기 싫어."

"갑자기 왜 그래. 집에서 할머니 생신 치르자고 얘기된 거였잖아."

"아는데… 가서 생신상 차리고 음식할 생각하니까 너무 피곤해."

"할머니께서 손자며느리가 차려주는 생일상 받고 싶으신가봐. 하루만 참자."

"내일 할 일도 많은데 쉬지도 못하고….."

"그럼 가지 말까? 오늘 그냥 집에서 쉰다고 전화할까?"

결혼한 지 석 달째 되던 어느 일요일 아침. 남편과 나는 할머니 생신상 차리는 일로 실랑이를 벌였다. 전화기를 들고 어머님께 전화를 걸 준비를 하고 있는 남편을 바라보며 나의 욕망에 충실해야 할지, 칭찬받는 며느리가 될지 선택해야 했다.

이렇게 선택을 강요받는 순간의 연속이 바로 결혼생활이라고 할 수 있다. 혼자 살 때는 대부분의 판단 기준이 '나'에게 맞춰져 있었지만 결혼을 하고 나면 나 이외의 기준, '며느리'와 '아내'의 역할을 기준으로 판단하게 된다. 시간이 지날수록 내 욕망의 기준이 뒤로 밀려나는 것을 경험하게 될 때면, 2년 전에 시작되었던 우리의 동거생활이 그리워진다.

동거 할 때 우리는, 서로에게 굉장히 충실했던 것 같다. 그와 함께 집안일을 해나가고 맛있는 음식을 먹고 이야기를 나누고 같이 잠에 드는 생활은 지난 7년간의 연애와는 또다른 즐거움을 주었다.

그때까지만 해도 애인의 부모님께서는 별 간섭이 없으셨다. 우리의 동거에 대해 알고 계셨지만 전화도 없으셨고 집안 행사에 부르지도 않으셨고 가끔 궁할 때 한 번씩 김치를 받아오면 아주 좋아하셨다. 어쩌면 결혼을 하더라도 며느리 노릇도 별다를 게 없겠구나, 라고 생각했다.

그렇게 함께 산 지 1년이 지난 후 결혼을 하고 싶다는 그에게 그러자고 대답할 때만 해도 우리의 결혼생활은 다를 것이라는 막연한 기대가 있었다. 남들이 말하는 고부 갈등이나 결혼한 후에 여자에게 주어지는 역할들을 나는 현명하게 해결해나갈 수 있을 거라는 자신감도 있었다. 하지만 나의 이런 기대와 자신감은 시간이 갈수록 조금씩 무너지기 시작했다.

며느리로서 집안일에 익숙해지기

동거할 집을 시부모님 댁과 가까운 곳에 얻은 것이 화근이었을까? 결혼 전부터 일요일마다 시할머니를 성당에 모셔다 드리는 일을 해왔던 그 사람은 내게 동행할 것을 제안했다. 동거할 때는 같이 가자는 얘기를 한 번도 하지 않다가 왜 결혼 후에 그 일을 함께 해야 하는지 거부감이 들었다. 하지만 시할머니를 모셔다 드리고 난 후 시부모님 댁에 들러서 아침을 얻어먹을 수 있다는 이점이 있었기 때문에 결국 그 제안을 받아들였다.

한가로운 늦잠을 포기하고 차를 함께 타고 갔다가 맛있는 아침을 얻어먹는 일은 그리 나쁘지 않았다. 손자며느리 얼굴을 본다며 행복해하시는 할머님의 얼굴을 마주할 때마다, 나는 피곤하고 불편한 감정을 감추고서 잘하고 있다고 스스로를 칭찬했다.

하지만 그 뒤가 문제였다. 시어머니께서 아침을 차려주셨기 때문에 설거지는 당연히 내 몫이 되었던 것이다. 처음에는 역할 분담으로 받아들이고 흔쾌히 설거지를 했지만 시간이 갈수록 그와 시어머님이 설거지를 도와주는 횟수가 줄어들기 시작했고, 어느샌가 식탁에서 일어나자마자 시어머님이 온갖 접시와 냄비를 싱크대에 쌓아두면 내가 열심히 그것을 닦고 있는 상황이 되어버렸다. 그와 시아버님이 소파에서 한가롭게 TV를 보고 있을 때 나는 설거지물 튀어가면서 접시를 닦았다. 당신의 집안일을 하고 싶지 않다는 말, 나도 앉아서 수다를 떨고 싶다는 말을 하고 싶어도 나의 진짜 모습을 보일 자신이 없어서 차마 말하지 못하고 꾹꾹 참았다. 그러다보니 어느새 시댁에서의 집안일이 나의 일주일을 마무리하는 일이 되어가고 있었다.

할머니의 생신에 마주한 나의 미래

할머니 생신상을 준비하러 집을 나서려던 일요일 아침에도 어머님께 집에서 쉬겠다는 전화를 하려는 남편을 나는 말릴 수밖에 없었다. 지금껏 일요일마다 할머님을 잘 모셔왔는데 좋은 날 기분을 망치게 해드리고 싶지 않아서였다. 그리고 시부모님의 질타도 두려웠다. 나의 욕망을 꾹 누른 채, 착한 며느리가 되기 위해 시댁으로 향했다.

도착해보니 어려운 음식들은 대부분 준비되어 있었다. 집에서 생신을 치르자고 어머님께서 나를 설득하실 때 음식 준비는 대부분 당신께서 하신다는 조건이 있었던 걸 기억하면서 안도의 한숨을 내쉬었다. 갈비, 홍어무침, 식혜, 모듬전 등 차례 음식 할 때보다 가짓수가 더 늘어난 것 같았다. 그 많은 음식들을 어머니 혼자서 준비하셨다고 생각하니 좀 죄송하기도 했다. 곧바로 소매를 걷어붙이고 일을 시작했다. 그런데 막상 음식을 시작해보니 할 일이 점점 많아지는 거였다. 준비가 거의 끝났다고는 했지만 만들 음식이 이미 완성된 음식만큼이었다. 각종 나물이며 너비아니, 해물찜, 문어데침, 수육보쌈 등 평소에 한 번도 해보지 못한 음식들을 만들어내야 했다. 음식은 많이 안 할 거라 하시더니 처음 얘기한 것과 너무 달랐다. 나는 재료 준비와 단순 조리, 설거지를 맡았고, 까다로운 조리와 간을 보는 것은 어머님의 몫이었다. 그렇게 아침 9시부터 오후 2시까지 자리에 한번 앉아보지도 못하고 계속 서서 일만 했다. 등에는 땀이 흐르고 온몸에 양념 냄새가 진동했다.

나와 시어머님이 음식과 씨름하고 있을 때, 남편과 시아버님은 고작 거실을 쓸고 닦고 일찍 오신 집안 어른들을 모시고 술 마시는 게 전부였다. 대낮부터 얼큰하게 취하신 집안 어른들은 이 집안 며느리가 고생이 많다며 한마디씩 했지만 나는 기분이 더 나빠질 뿐이었다. 이때 어머님께서 한마디 거드셨다.

"예전에는 잔치가 있으면 작은엄마랑 고모가 와서 음식 하는 거 다 도와줬었는데 이제 나 며느리 봤다고 늦게 오나보네."

나는 정말 그 말에 소름이 끼치도록 아찔하지 않을 수 없었다. '맞아. 나는 이 집안 맏며느리였지? 이제 이 집안 큰 행사는 다 내가 치러야 하는구나.' 지금 내가 놓인 위치를 너무나도 잘 설명해주는 말이었기 때문에 그저 눈앞이 깜깜할 뿐이었다. 이러자고 결혼했나, 하는 생각에 미치자 분하고 억울해서 그대로 굳은 얼굴로 화장실에 들어가 조용히 눈물을 흘리고야 말았다.

　그날 내가 느꼈던 분노의 원인은 소중한 일요일을 원치 않는 노동으로 보내야 했다는 것에도 있지만 가장 큰 원인은 나의 노동에 대한 시댁 식구들의 반응이었다. 내가 하고 있는 이 일이 집안의 맏며느리로서 당연히 해야 하는 일이라고 생각하고 계셨다. 그들이 생각하는 나의 임무는 잔칫날 20인분의 음식을 차려내고 술상을 봐오며 힘들어도 생글생글 웃으며 설거지를 하는 것뿐이었다. 앞으로도 이런 행사가 있을 때마다 똑같은 일을 반복하며 착한 며느리 노릇을 해야 한다는 생각이 들자 정말 막막했다.

　나는 그와 결혼한 것이지 그의 가족과 결혼한 것이 아니었다. 그의 가족이 함께 해야 하는 집안일을 당연히 해주는 며느리가 되기 위해 결혼한 것도 아니었다. 우습게도 나는 결혼 후에도 우리 둘만 생각하면 되는 줄 알았다. 하지만 둘 사이에는 항상 가족의 문제가 끼어 있었고 그것이 나를 지치게 만들었다. 똑똑하고 현명하게 나의 욕망과 며느리 역할 사이에서 잘 조율하며 살 수 있을 거라고 믿었던 내 생각이 정말 순진한 것이었다.

분노가 전이되는 신기한 경험

마음을 추스르고 나와 음식 준비 마무리에 집중했다. 어떻게든 이 일만 끝내면 되겠지 싶어서 묵묵히 일했다. 이제 상을 차려서 나가려는데 작은어머님이 집 안으로 들어오셨다. 그 뒤에는 다음 달에 결혼하는 남편의 사촌동생과 앞으로 나와 동서가 될 사이인 여자가 다소곳이 서 있었다. 그녀는 원피스 차림에 곱게 화장을 했고, 나는 벌건 국물이 튄 앞치마를 두른 채 땀으로 얼룩진 얼굴을 하고 있었다. 그 순간, 내 과거의 모습을 마주한 것 같은 이상한 기분에 휩싸였다. 그 기분은 그녀에 대한 연민의 감정과 초라한 내 모습에 대한 수치심을 동시에 불러일으키더니 이내 분노로 돌변했다.

'뭐야, 이거. 너는 왜 일하지 않는 거지? 당연히 일찍 와서 도와야 하는 거 아니었어? 왜 나만 생고생 하는 건데?'

저 여자가 도와주지 않아서 내가 지금 이렇게 힘든 거라는 생각에까지 미치자 나는 내 자신이 무서워졌다. 아, 이렇게 분노가 전이되는 것이구나. 집안일에 혹사당하던 시어머니가 며느리에게 자신의 전철을 밟기를 강요하는 것이 바로 이런 사고의 구조에서 나온다는 것을 깨달았다. 정말 정신이 번쩍 드는 신기한 경험이었다.

착한 며느리 따위 되지 않겠다

오후 4시쯤 되자 약속을 핑계로 자리를 겨우 빠져나올 수 있었다. 내 몰골이 말이 아니었는지 모두들 흔쾌히 보내주었다. 잘됐다. 설거지는 안 해도 되는구나. 침대에 드러누운 나를 보면서 남편은 묵묵히 잘 버텨준 내가 대견스러웠나보다. 할머니가 사람들 앞에서 손자며느리 솜씨가 좋다고 칭찬을 하셨다는 얘기를 자랑스럽게 해주었다. 하지만 그 말은 전혀 나를 위로하지 못했다. 어떠한 칭찬도 듣고 싶지 않았고 오늘 내가 느꼈던 감정에 대해 얘기하지 않으면 앞으로 계속 이런 일이 반복이 될 것만 같았다.

"나 오늘 정말 힘들었거든? 오빠가 술 먹고 얘기하는 동안 나는 점심도 제대로 못 먹어가면서 꼬박 6시간 동안 음식을 했잖아. 그리고 동서 될 여자를 보니까 갑자기 짜증이 밀려오는 거야. 손 하나 까딱하지 않는 그 친구를 보면서 속으로 화를 내고 있는 나를 발견했을 때, 이건 정말 아니다 싶었어. 물론 할머니의 생신을 축하해드리는 것도 좋지만 나는 별로 유쾌하지 않았어. 강요받는 느낌이었어. 그러니까 다음부터는 집에서 생신상 차리는 일은 없었으면 좋겠어. 소중한 일요일을 바치면서 음식 하는 일은 앞으로 없을 거야. 오빠도 좀 도와줬으면 좋겠어."

남편은 놀랐는지 아무 말이 없었다. 그것은 일종의 선언이었다. 그동안 고분고분 며느리 노릇을 해온 내가 더이상 착한 며느리가 되지 않겠다는 선언. 남편은 내 말을 전부 알아들은 것 같지 않았지만 일단 그러겠다고 말했고, 자기는 설득할 자신이 없으니 내가 얘기를 해야 할 거라고 얘기했다. 나는 다음 날 오전, 용기를 내서 어머님께 전화를 드렸다.

"마무리하는 거 봤어야 했는데 먼저 나와서 죄송했어요."

"아니다. 너도 어제 수고 많았다."

"어머니께서 고생이 많으셨죠. 그런데요, 어머니. 궁금해서 그러는데 혹시 앞으로도 계속 생신을 집에 치르실 생각이에요?"

"글쎄다. 왜 그러니?"

"아, 저는요, 어머니. 할머니께서 원하시면 집에서 생신 치르는 것도 좋다고 생각하는데요. 솔직히 스무 명 넘는 사람들 음식 하는 게 쉬운 일도 아니고 어머님과 제가 하기엔 일이 좀 많다고 생각해요. 그러니까 앞으로는 밖에서 치르는 게 어떨까 싶어요. 어차피 친척분들도 돈을 보태주시니까 돈 걱정은 안 해도 되잖아요."

"어제 많이 힘들었니?"

"실은 몸이 좀 욱신거려요. 어머니… 저는 일을 하는 사람이잖아요. 안 그래도 요즘 야근이다 뭐다 해서 잠을 거의 못 자는데 주말 이틀은 푹 쉬고 싶었거든요. 일요일에 제대로 쉬지 못하고 일하면 당장 월요일 근무하는 게 힘들어지니까요."

"그래도 할머니 소원이시라니 어쩌겠니."

"네. 그렇지만 할머님의 뜻이 그러셔도 밖에서 하는 것이 어머님한테도 저한테도 좋을 것 같아요. 그것은 협의 가능한 부분이잖아요. 이번에는 집에서 했으니 다음에는 가능하면 외식을 했으면 좋겠다는 말씀을 드리고 싶어서 전화 드렸어요."

통화 내내 목소리가 떨리는 것을 꾹 참느라 혼이 났다. 어리광으로 들리지 않게 하려고 최대한 침착하게 내 생각을 전달하려고 노력했다. 나의 이런 노력이 효과를 발휘했던 걸까. 시어머님의 대답은 정말 예상 밖이었다.

"나야 만날 하는 일이라 괜찮지만 너는 힘들었겠구나. 이번에 고생 많았으니 가능하면 다음 생신은 밖에서 하는 쪽으로 해보자."

진심에서 하는 말씀인지 당돌하게 척척 싫다는 의견을 내놓는 며느리에게 쿨하게 응대하고자 임기응변으로 하신 말씀인지는 모르겠지만 어쨌든 혼날 각오를 하고 전화를 드린 나에게 어머님의 긍정적인 대답은 어제 들었던 그 어떤 칭찬보다 기분이 좋았다. 어쩌면 그 지긋지긋한 일요일 설거지에서 해방될지도 모른다는 희망도 생겼다. 아주 짧은 통화였지만 그날의 대화가 어머님과 나의 관계에 어떤 영향을 주었던 것일까? 우리 관계에 조그만 변화들이 생기기 시작했다.

며느리가 아닌 나 자신으로 살기

일단 착한 며느리가 되어야겠다는 맘을 비우자 하고 싶은 일들이 정말 많아졌다. 가장 큰 변화는 일요일에는 시댁에 가야 한다는 생각 때문에 한동안 나가지 않던 스윙 동호회에 다시 나가게 된 것이다. 그곳에서 열심히 춤추고 사람들과 이야기를 나누고 미소를 찾아가면서 그동안 잊고 있던 나의 모습을 조금씩 되찾아갔다. 그리고 예전부터 후원만 해오던 단체에 직접 참여하게 되면서 바깥일이 많아졌고 점점 집에 있는 시간이 줄어들게 되었다.

남편은 주말 내내 나가 있는 내가 못마땅했는지 차라리 집에서 잠이나 푹 자는 게 낫지 않겠냐고 툴툴거렸지만 개의치 않았다. 밖에서 사람들과 만나며 긍정적인 에너지를 담뿍 받고 있을 때만큼은 가족의 문제라든지 며느리로서의 역할 따위는 전혀 생각하지 않게 되었기 때문에 너무나도 행복했다. 이렇게 나는 그동안 잃어버렸던 주말을 오롯이 나 자신을 위해 보내면서 조금씩 힘을 얻어갔다.

그러던 어느 날 갑자기 어머님께 여성단체에서 활동한다는 것을 밝혀야겠다는 생각이 들었다. 그래서 다짜고짜 전화를 드렸다. 아침부터 걸려온 며느리의 전화에 어머니는 아주 반가워하셨고 그동안 무슨 일이 그렇게 바빴기에 얼굴 보기 힘드냐며 타박하셨다. 나는 그 이유에 대해 차근차근 설명을 드렸다. 결혼 전부터 후원하던 여성단체에서 활동하게 되었으며 그 일로 인해 앞으로 주말에 찾아뵙기 힘들 것 같아 죄송하다는 말씀을 드렸다. 어머님은 바쁘다는 아이가 뭐 그런 일을 하냐고 걱정하셨지만, 나는 이 일이 굉장히 즐겁고 다 좋은 친구들이라서 오히려 힘을 얻고 있다고 말씀드렸다.

"네가 좋아하는 일이라면 해야지. 열심히 해봐라."

뜻밖의 응원이었다. 정말 기분이 날아갈 것만 같았고 뿌듯했다. 그렇게 어렵게만 느껴졌던 어머님에게서 어떤 작은 가능성을 발견했던 순간이었다.

물론 시댁 가족들과 나 사이에는 아직 해결해야 할 숙제가 많이 남아 있다. 아직도 가부장적인 사고를 하시는 아버님이나 대를 잇는 손자를 바라시는 할머니가 있으니 말이다. 어머님께서도 가끔씩 주말에 전화하셔서 바쁘게 사는 나에게 불만을 표출하시곤 한다. 하지만 이제는 그런 문제도 조금씩 해결해나갈 수 있을 거라는 자신감이 생겼다. 용기를 내서 내 의사를 전달하고 소통하고자 하는 의지가 있다면 작은 변화라도 이룰 수 있다고 믿는다. 그리고 이 갑갑한 결혼생활 속에서 '나 자신'을 잃지 않고 살아가는 방법을 조금은 알 것 같기 때문에 앞으로의 문제들이 그렇게 걱정되지는 않는다. 시부모님 말 안 듣는 나쁜 며느리가 되어 욕을 좀 먹으면 어떤가? 실은 아무도 다치지 않는데. 🌿

제아 기존 가족질서를 답습하기보다는 나를 위해 살아가는 행복한 방법들을 배우고 있는 나쁜 며느리.

제2부

이토록 다양한,
결혼하지 않고 잘 살기

다 큰 딸,
이제 혼자
굴러가겠습니다

:: **여덟번째** 이야기

"내보내자고 했으니까, 엄마랑 얘기하고 나가. 응?"

그토록 기다리던 한마디였다. 이 말을 얻어내기 위해서 나는 몇 달 동안 엄마에게, 아빠에게, 동생에게 무수히도 많은 상처를 주었다. 방법이 없었다곤 하지만 그렇게 쉽게 말해버릴 수 있을까? 어쩔 수 없는 일이었다지만 정말 어쩔 수 없었던 걸까?

기대와 기대와 기대들… 뭔가 큰 기대도 아니었건만, 그 모든 기대를 하나하나 잘라가며 결국은 아무것도 남지 않게 만들어버렸다. 어쩔 수 없다. 그래, 어쩔 수 없다. 그러지 않고는 내가 살 수 없었으니까. 애초에 그 기대는 들어줄 수 없던 것들이니까.

하지만, 그럼에도 불구하고, 가슴이 아프다. 그 기대에 부응해 줄 수 없다는 것이. 아무것도 줄 수 없다는 것이.

축하해, 라는 말을 들었을 때 눈물이 났던 것은 그래서였을 것이다.

_독립 첫날, 축하를 받고 나서

'독립'이란 걸 하고 난 다음, 그러니까 어느 정도 이삿짐을 풀고, 방도 대충 닦고, 밥도 그런대로 먹고 난 후, 나를 휘감았던 감정은 우습게도 슬픔이었던 것 같다. 지리멸렬한 과정을 거치면서, 무수한 상처들을 주고받으면서, 채 아물지 않은 상태로 뛰쳐나왔으니 괜찮지 않은 게 당연한 건지도 몰랐다. 어렵다면 어렵고, 아프다면 아팠던 나의 독립은 그랬다.

서른 전에 독립하고 만다

엄마 아빠는 몰랐겠지만 나는 사실 오래전부터 독립을 꿈꿨다. 딸을 둔 대부분의 집이 그렇듯 10시 통금과 이성교제 금지(후훗!), 외박 금지, 담배 금지 등 이것저것 금지 딱지가 붙은 것뿐인 집을 나가고 싶은 것은 당연하다고 생각했다. 물론 나에게 독립은 금지된 것들로부터의 해방이라기보다, 앞으로의 삶을 위한 필수 요소란 측면이 컸지만. 초등학교 때 이미 '결혼하지 않겠다!'고 선언한 나는(중간 중간 마음이 흔들리기도 했다) 혼자 잘 살기 위한 준비를 해야 했고, 그중 독립은 가장 필요하고 또 언젠가는 해야 할 일이었다. 20대 후반, 이제 혼자 삶을 꾸리고 싶었다. 너무

나이가 들면 독립에 대한 두려움이 커질 것 같았고, 너무 이른 나이에는 돈이 없었다. 그러니까 혼자 살고 싶다는 욕구가 꺾이기 전, 월세 보증금 정도의 돈을 모은 뒤가 나에게는 적절한 독립 시기였던 것이다. 하지만 모든 것을 금지하는 집에서 '독립'은 말 안 해도 너무 당연한 금지, 아니 금기 사항이었다.

"다 큰 딸애를 저렇게 굴리면 쓰나…."

부모님은 혼자 사는 다른 집 딸아이를 볼 때마다 안쓰럽다는 듯 말했다. 당연히 어떤 나쁜 일이 생기기라도 할 것처럼. 딸을 혼자 살게 하는 것은 함부로 굴리는(?) 일이었다. 이런 분위기의 집에서 나가기 위해서는 확실한 명분과 철저한 사전 준비가 필요했다.

준비는 해나가고 있었다. 심리적인 독립을 이루기 위해 '서른 전에 독립하고 만다'는 표어를 써 붙이고(들키지 않게 다이어리에만 적었다), 이미 독립을 한 친구들에게 여러 가지 조언도 구하고(그냥 저지르라는 말이 대부분이었다), 경제적인 독립을 위해 미약하지만 적금도 차곡차곡 붓고 있었다.

사실 문제는 명분이었다. 하다못해 하찮은 정치인들도 출마를 위해 명분을 찾는 마당에 여자가 태어나 처음으로 독립을 하는데 명분이 있어야 했다. 그때 나는 소가 먹다 뱉은 지푸라기 한 가닥이라도 붙잡고 매달려야 했기 때문이었다. 그래서 일단 나는 집에서 꽤 먼 곳으로 직장을 옮겼다. 그리고 직장생활을 한 지 딱 일주일이 지난 뒤부터 본격적인 협상에 돌입했다.

협상을 거부하다

"출퇴근만 왕복 3시간이라고. 이게 무슨 시간 낭비야. 나 너무 피곤해."

엄마와 마주할 때마다 나는 출퇴근이 얼마나 힘든지, 길에서 버리는 시간이 얼마나 아까운지, 출퇴근 외에는 아무것도 할 수 없는 상황이 얼마나 불행한지 입이 아플 정도로 떠들어댔다. 하지만 엄마는 늘 내 말을 못 들은 척 무심한 태도로 일관했다.

처음부터 이 정도로 될 일이 아니었다는 것은 알고 있었기에 우선 모아둔 돈을 싹싹 긁어모아 집부터 계약했다. 그리고는 야근을 핑계로 집에 들어가지 않기 시작했다. 엄마는 매일 회사로 전화를 해 진짜로 야근을 하는지 확인했고, 나는 할 일도 없는 회사에 남아 전화를 받아야 했다. 화가 나기도 했지만, 이러다가는 매일 야근을 해야 할 것 같아 나는 결국 싸움을 택했다.

"또 이러면 정말 가만있지 않을 거야!"

그러자, 부모님은 회사를 그만두라고 하셨다. 나는 내 일과 비전에 대한 폄하라며 또 불같이 화를 냈다. 그 정도로 화가 났던 것은 아니었지만, 부모님에게는 효과 만점이었다.

협박이 통하지 않자 부모님은 전략을 바꿔 공부를 하라며 나를 회유하셨다. 듣기만 해도 설레는 제안이었지만, 나는 굴복하지 않았다. 공부를 하는 기간 동안은 돈 때문에 나가라고 떠밀어도 나갈 수 없는 상황이 될 것이 뻔했다. 게다가 숨이 막혀 공부도 제대로 할 수 없었을 거다. 아빠는 나에게 집을 나가지 않겠다는

"엄마는……

아직 준비가

안 됐어……."

서약까지 요구했다.

이도 저도 안 먹히자 마지막으로 아빠가 제시한 협상안은 바로 자동차였다. 오, 마이 카! 집에서 회사까지는 직선코스 30분 구간으로, 차만 있으면 출퇴근이 너무나 편안한 곳이었다. 아빠의 파격적인 제안에 잠시 흔들렸지만, 결국 다시 마음을 다잡았다. 차도 정말 갖고 싶었지만, 나는 독립을 더 하고 싶었다. 그리고 아무리 생각해도 이게 처음이자 마지막 기회 같았다.

마지막 협상이 결렬되자, 부모님은 심정적으로 접근을 해왔다. 그건 정말 힘들고 아픈 과정이었다. 엄마와 나누는 대화는 늘 싸움으로 끝을 맺었다. 언제 끝날지 알 수 없는 날들이 계속되면서, 서로의 감정도 점점 어딘가로 치달아가고 있었다. 잔뜩 곤두선 나는 독한 말들을 내뱉었다.

"그냥 결혼했다고 생각해. 평생 엄마 아빠랑 살 수는 없잖아."

"……."

"나는 내 인생 살 테니까 엄마는 엄마 인생 살라고."

"……."

"이런 시간에 차라리 아빠랑 앞으로의 인생을 설계해. 어차피 둘이 살게 될 거잖아."

"…… 엄마는 아직, 준비가 안 됐어."

그 순간, 눈물을 뚝뚝 흘리는 엄마를 보면서도 나는 아무 말도 하지 못했다. 아니, 하지 않았다고 해야 맞을 것이다. 나는 선택했으니까, 그렇게 많은 생채기를 내면서도 독립을 하겠다고. 언젠가 이 상처를 감당할 수 없게 되는 날이 오더라도, 지금은 이 선택을 하겠다고. 목구멍까지 차오르는 말들을 꿀꺽꿀꺽 삼키며 침묵으로 버티던 나는 결국 아빠에게 허락 비슷한 걸 받았다. 야반도주라도 불사하겠다는 마음이 들 무렵이었다.

엄마, 나 잘 굴러가고 있어요

독립한 지 3년이 넘은 지금, 나와 가족과의 관계는 많이 변했다. 늘 통금 시간을 확인하고, 옷과 머리 스타일에 잔소리를 하던 부모님 대신, 집에 언제 오냐며 큰딸 얼굴 까먹겠다고 툴툴대는 부모님이 생겼다. 물론 엄마는 아직 상처받은 고양이처럼 나를 대하는 것이 조심스럽다. 바라보는 눈빛이나 말투에 마음 한쪽이 아릿할 때도 있지만, 받아들여야 할 부분이라고 생각한다. 아마 우리는 적정한 거리를 찾고 있는 중일 게다.

독립에 가장 적절한 때는 내가 마음먹는 바로 그때일 것이다. 아마 내가 호호백발이 되어서 독립한다고 했어도 부모님은 반대했을 테니까. 오랜 기간에 걸쳐 쟁취한 나의 독립은 그래서 지금도 소중하다. 나는 어딘지는 모르지만 아직까지는 잘 굴러가고 있으니까. 🌿

prome-
nade
세계 곳곳을 돌아다니며 예쁜 그림책을 수집하고 싶어하는 책쟁이. 그러나 아직은 홍대 주변만 어슬렁거리고 있다.

빨간 머리 앤의
다락방을 찾아서

:: **아홉번째** 이야기

버지니아 울프가 자기만의 방을 부르짖고 2세기가 흘렀다. 그 이후 얼마나 많은 여성이 자기만의 공간을 갖고 살아갈까?

나는 어려서부터 『안네의 일기』에 나오는 안네가 사는 다락방 같은 공간에 내가 있는 상상을 하곤 했다. 물론 안네가 처했던 상황을 생각하면 우울하기는 했지만 조용히 방해받지 않고, 은밀히 밖을 훔쳐볼 수 있으며, 마음껏 사색하고 상상할 수 있는 그런 공간이 갖고 싶었다. 그리고 '빨간 머리 앤'이 사는 초록 지붕의 방도 늘 부러움의 대상이었다. 창문을 열면 길쭉한 나무들이 내다보이면서 조용한, 혼자만의 시간 속으로 빠져들 수 있는 그런 공간. 매일 그곳에서 석양을 보며 일기를 쓰고, 하루를 정리하고,

마음껏 상상의 나래를 펼 수 있었던 앤의 그 방. 여하튼 난 다락방에 대한 로망을 품고 살았다. 다른 사람에게 방해받지 않고 조용히 일기를 쓰고, 책을 보다 잠들고, 원하는 시간에 일어날 수 있는 그런 공간을 갈망했다.

식구가 많아서 늘 누군가와 방을 써야 했던 현실이 싫어서였을 것이다. 어느 날 내가 쓴 일기장이 다르게 꽂혀 있는 것을 발견하며 부르르 떨고, 친구와 비밀리에 주고받았던 편지에서 다른 사람의 흔적이 느껴질 때마다 솟구쳐 오르는 분노와 함께 나는 더 이상 집에서 마음을 털어놓는 글을 쓰지 않았다. 그리고 그럴수록 더욱더 가족으로부터 독립하고 싶었다.

친구 집에 빌붙기, 장기간 배낭여행 다니기, 장기 휴가 떠난 집에 얹혀살기 등을 하며 집을 나가고 들어오고를 되풀이하다가, 몇 해 전 엄마의 서운한 울부짖음을 뒤로하고 방을 구하기 시작했다. 드디어 온전히 나만의 공간을 갖는다는 부푼 꿈을 갖고 집을 보러 다녔다.

학생 신분이라 월세를 내며 살 형편은 안 돼, 여기저기서 돈을 끌어 모아 2천만 원을 만들었다. 교통비를 아끼자는 심산으로 학교에서 걸어서 다닐 수 있는 곳을 집중적으로 알아보기 시작했는데, 현실은 참혹했다.

일단 부동산을 돌아다닐 때 중개인의 태도를 통해서 내가 얼마나 '가난한' 사람인지를 알 수 있었다. 2천만 원짜리 전세가 어디 있냐는 반응부터 그 돈으로 '여자가 살 만한 집'은 못 구한다는 소리까지, 부동산을 돌아다닐수록 내 목소리는 점점 더 작아지고, 서울 중심가에 이 돈으로 나의 로망을 찾겠다는 꿈은 비참한 현실로 돌아왔다.

해가 지고 서울 시내에 빽빽하게 들어선 화려한 빌딩과 아파트, 그리고 집들 사이를 걸어다니면서 내가 누울 곳이 하나도 없는 현실은 슬프기 그지없었다. '앤'이 사는 자연 속의 한적한 집은 아니어도, 해가 잘 들고 조용하면서 안전하고 편안한 집을 원하는 나에게 서울에서 집 구하기는 그저 현실을 모르는 한 여자의 꿈에 불과했던 것이다.

사실 지방의 작은 중소도시나 시골에 집을 구한다면 그 돈으로도 얼마든지 좋은 집을 구할 수 있다. 하지만 서울 시내 한복판에 있는 학교를 다니는 나의 상황에서는 그럴 수 없었다.

결국 부동산 중개인의 냉대를 받으면서 나는 옥탑 비슷한 집을 구했다. 좁은 계단을 가파르게 올라가면 원룸처럼 부엌과 방이 있고, 거기서 더 올라가면 욕실과 옥상이 있는 집이었다. 해가 잘 들고, 학교와도 가깝고, 혼자 쓸 수 있는 옥상이 있고, 상점이 즐비한 동네에 있는 건물이어서 안전할 것 같았다. 무엇보다도 그때까지 보았던 집 중에 가장 괜찮았다.

며칠 동안 내가 본 집들은 대개 이러했다. 공동 화장실을 써야 하는 집, 길과 방 사이의 경계라고는 문짝 하나뿐인 집, 골목골목 한참을 들어가야 하는 집… 어떤 집은 허름한 철제 계단을 위태

롭게 올라가면 컨테이너로 된 방들이 늘어서 있었다.

그런 곳에 비하면 내가 구한 곳은 낙원이었다. 하지만 보는 것과 사는 것은 정말 달랐다. 가파르고 어두운 계단 외에는 그럭저럭 괜찮다고 생각했던 집이었는데, 미처 생각지도 못한 문제가 드러났다. 오후에 수업이 있는 날은 오전 내내 집에서 수업 준비를 하다가 학교에 가곤 했는데, 그런 날이면 영락없이 1층에서 징이 울리는 소리가 들렸다.

"징…. 징징징징…."

1층은 점집이었다. 무당이 귀신을 부르는 건지, 쫓는 건지는 모르겠지만 그 소리를 들으면서 책을 읽고 글을 쓰다보면 꼭 귀신이 집 안에 들어온 것만 같고, 조만간 내가 신들려서 점집을 차리고 있을 것만 같았다. 거기다가 난방이 제대로 되지 않아 겨울엔 추위에 오들오들 떨면서 지내야 했다. 창문 주위로부터 방 벽을 수놓던 곰팡이도 골칫거리였다. 가격에 비해 훌륭한 집이라고 생각했는데, 살아보고서야 왜 그렇게 쌌는지를 알 수 있었다.

그 집에서 나는 겨우 1년 사계절을 버텼다. 두번째로 구한 집은 리모델링을 한 집이었다. 작지만 방이 2개나 있고, 부엌을 겸한 작은 거실도 있었다. 그곳 역시 처음에 볼 때는 가격 대비 훌륭한 집이었으나, 살아보니 실상은 달랐다. 습기 때문에 붙박이 장롱 안에서 물이 흘렀고, 옷에는 곰팡이가 피었다. 나중에 세번째 집으로 이사를 할 때, 작은방 책장을 들췄더니 벽이 온통 검은 곰팡이로 도배가 되어 있었다.

부실 공사와 난개발은 서울에 살고 있는 저소득 빈곤 계층의 주거 실태를 그대로 보여주는 단어들이다. 돈 많은 이들은 화려하고 쾌적한 아파트에서 살 수 있지만, 나 같은 이들은 아름다운 도시 환경과는 상관없이 다닥다닥 붙어 대충 지은 집들이 없었다면 서울에 살 수 없는 사람들이니 어쩌면 그런 집들이 있다는 것에 감사해야 하는지도 모르겠다.

현재 나는 네번째 집을 알아보는 중이다. 다행히도 이사할 때마다 조금 더 나은 집으로 옮길 수 있었고, 더욱더 꼼꼼하게 집을 보게 된다. 그리고 늘 서울을 벗어나 아름다운 자연환경에서 살아가는 꿈을 꾼다. 하지만 그런 꿈을 꿀 때마다 생계는 어떻게 해결해야 할까, 하는 고민에서 상상은 멈춘다. 얼마 전, TV에서 시골에 내려가 4천만 원으로 이층집을 짓고 있는 사람의 다큐멘터리를 보면서 서울살이가 더욱 고달프게 느껴졌다. 아직까지 나의 로망인 빨간 머리 앤의 다락방은 현실이 되지 못했지만, 언젠가는 꼭 가져보기를 희망하면서 오늘도 서울을 떠돌고 있다. 🌿

푸근 땅은 넓지만 내가 살 곳은 여의치 않은 서울 땅에서 해를 그리워하는 이. 반지하 없는 서울을 꿈꾸며, 여성이여 공간을 확보하자!

혼자여도 괜찮아,
잘 싸우면 되지

:: **열번째** 이야기

생각해보면, 언제나 혼자 사는 여자여서 당했던 설움이 많았지만 오랫동안 '착한 여자'로 길들여져왔기에 부당한 상황에서도 맞섰던 일은 거의 없었다. 그런데 독립 수년 만에 성질은 더러워지고, 입은 걸어졌다. 엿 같은 일을 당했을 때, 응전 태세를 갖추기까지 걸리는 시간도 점차 짧아지고 있다. 옆에서 거들어줄 사람이 없으면 싸우기라도 잘해야 한다.

내가 싸움에 익숙해지기 전

서울살이를 하면서 세번째 살았던 옥탑방은 첫번째 옥탑보다 사정이 더 나빴다. 공간은 좁지 않았지만 거의 다락에 가까운 집이었다. 부엌과 화장실에서는 허리를 숙여야 할 정도로 천장이 낮았다. 남동생들을 보증금과 함께 버리고 도망치듯 나왔기에 어쩔 수 없었다. 보살펴야 할 사람이 둘이나 줄었다는 것만으로도 처음에는 해방감이 물밀듯 몰려왔다. 그러나 현실은 현실, 겨울이 되자 웃풍으로 엄청난 도시가스 요금에도 따뜻하지 않은 방 때문에 몸을 옹송그리고 지냈다. 직장을 그만둔 후 반백수로 맞는 첫 겨울이어서 더더욱 추웠다.

집주인은 꽃집을 운영하는 여자였다. 심술 맞은 얼굴의 주름 사이로 화장이 뭉치곤 하는, 그냥 그런 아줌마. 계약 기한이 끝나 갈 무렵, 방 뺄 생각이 있냐고 묻기에 잘 모르겠다는 말만 하고선 다른 방을 알아보러 다닌 것이 화근이었다. 집주인은 내 말을 계약 연장의 의사로 생각했던 모양이다. 천장이 더 높은 다른 방을 계약하고 나서 이사를 하려고 했지만 보증금을 돌려줄 생각을 않는 거였다. 정 나가려면 알아서 방을 빼고 나가라나. 급한 마음에 여기저기 집 정보를 올렸지만 다락에서 살 수 있는 나 같은 사람은 쉬이 나타나질 않았다. 결국 계약금의 일부를 손해 보고 다른 세입자에게 새로 봐두었던 집을 넘겨야 했다.

울어도 보고 따져도 보고 사정도 해봤지만 돈 가진 사람은 꿈쩍할 생각을 안 했다. 기다리다 지쳐 법적으로 대응할 수 있는지 알아보며 내용증명을 보내려고 맘먹은 무렵이었다. 아줌마는 돈이 좀 생겼다면서, 선심이라도 쓰듯 방을 빼주겠노라 했다. 이를 악물고 작별 인사를 하며 다음부턴 주인의 인성부터 알아봐야지 마음먹었다.

갈수록 강해지는 적수들

네번째 옥탑방은 거실처럼 쓸 수 있는 공간이 분리되어 제법 집의 구색을 갖춘 곳이었다. 마지막 한 층의 계단이 높은 것과 화장실이 춥다는 것을 빼고는 꽤 괜찮았고, 좁은 베란다에 이불도 널수 있었다. 주인과는 따로 살았기에 별 문제가 없었지만 정작 이집의 적수는 아래층 할아버지였다. 전투력과 사이코 지수에서 이전과는 비교가 안 되었다.

나는 몇 년간 발자국 소리가 크다는 말 한 번 안 듣고 살아온 사람이다. 그 집이 유독 층간 소음에 취약했는지 어쨌는지는 잘모르겠다. 할아버지는 내가 계단을 오르내릴 때마다 눈을 찌푸리며 잔소리거리를 찾았다. 그냥 지나치는 법 없이 늘 누군가에게 욕지거리를 내뱉고, 늘 말이 안 되는 참견을 해대는 성미가고약한 사람이었다. 그 때문인지 부인과 따로 산 지도 오래된 모양이었다.

게다가 전기계량기가 아래층과 붙어 있어서 매달 요금을 갖고실랑이를 벌이지 않으면 안 되었다. 말도 안 되는 이유를 대며 터무니없이 적은 세금을 내려고 하기에 조목조목 따지기도 했다. 한동안 조용히 사는가 싶었더니 여름이 되자 사정이 심각해졌다. 할아버지는 현관문을 다 열어놓고 웃통까지 벗고 돌아다녔다. 정말 눈이 썩어나갈 지경이었다. 사람대접해주는 이가 없어 얼마나 심심했으면 날마다 집에 들어앉아 듣는 이가 있건 없건 욕을 해 댔다. 집주인과 부인에게 '되바라진 년'이 어쩌고 했다. '위층에 사는 년'에 대한 욕도 빼놓지 않았다. 인과관계도 명확하지 않은 욕지거리에 귀마저 썩어나갈 지경이었다.

노이로제가 심해지던 무렵이었다. 생일을 맞아 친구 몇이 집에 놀러와 밥도 해 먹고, 수다도 떨다 돌아갔다. 그사이 할아버지는 성미가 뻗칠 대로 뻗쳐 있었다. 친구들을 바래다주고 오자 계단에 유령처럼 서서 날 째려보는 거였다. 그날은 아무 일 없이 지나 갔지만 결국 다음 날 제대로 한 판 붙었다.

"어제 왜 그렇게 시끄러? 무슨 일 있어?"

"일은 무슨 일이 있다고 그러세요."

"좀 조용히 좀 해. 내가 원 잠을 잘 수가 있나."

"할아버지나 좀 조용히 하시죠. 문 열어놓고 집에서 욕이나 하지 마세요."

"뭐? 하도 더우니까 그랬지."

"그럼 선풍기 틀면 되잖아요."

"계단 청소나 좀 하고 그래. 지저분해가지고."

"깨끗한 분이 소변 받아서 계단에다 두고 그러세요? 그거나 좀 치우세요. 냄새 나요. 아주 더러워죽겠다고요."

"아니 이게, 보자보자 하니까 어디다 꼬박꼬박 말대꾸야? 넌 에미

애비도 없냐?"

나는 그를 똑바로 쳐다보며 말했다.

"당신 같은 애비는 없거든요!"
"허 참, 내가 너같이 지독한 년은 처음 본다!"

그동안은 어른 대접하려고 애쓰던 내가 '지독한 년'이라는 칭호까지 들었으니 대성공이었다. 이렇게 기막혀 하는 할아버지의 입을 잠시 막는 데는 성공했지만 더욱 악에 받친 욕지거리 세례를 받아야 했다. 아래층하고 무슨 상관이라고 불을 끄라는 둥 소리를 지르고 집에서 멀쩡히 전화 통화만 했을 뿐인데도 난리를 부렸다. 유리창을 두들기며 난리치는 것을 동영상으로 찍어서 경찰에 신고해야 하나 싶을 정도였다. 그쯤 되면 말도 통하지 않는 '미친 놈'이었다.

문이 좀 부실했기 때문에 조금은 겁도 났다. 주변 사람들의 반응은 제각각이었지만 대부분은 "집에 남자를 데려오라"는 동일한 조언이었다. 혼자 사는 여자라서 만만해 보이는 데는 그게 최고라나. 그러면 입도 뻥긋하지 못할 것이라 했다.

남자인 애인 따위도 없었거니와 그런 식으로 남의 힘을 빌려 문제를 해결하고픈 생각은 없었다. 그러나 가장 편해야 할 공간이 점점 힘겨운 곳으로 되어가고 있었다. 더구나 나는 집에서 일을 하는 프리랜서였다. 집주인 아주머니는 자기한테까지 심한 말을 하고 집 수리비를 우겨대서 여간 골칫거리가 아닌 모양이었다. 이대론 못 살겠으니 아래층을 내보내달라고 했지만 집 없다고 버티는 데는 수가 없는 듯했다. 결국은 견디지 못한 내가 나가는 수밖에 없었다. 지난한 싸움 끝에 지금 살고 있는 원룸으로 이사를 가고 말았다.

싸움 끝 이사 시작

사실 여기엔 더 기막힌 비하인드 스토리가 있다. 나중에 알게 됐지만 그 할아버지가 나를 우습게 여긴 제일 큰 이유가 나를 '술집 여자' 쯤으로 여겼기 때문이라는 것이었다. 사연인즉슨 이러했다. 집에서 일을 하다가 밤에 외출한 적이 있었는데, 급하게 만나야 할 사람이 있어서였다. 그때 계단에서 만난 할아버지에게 "일 때문에 잠깐 나가는 길"이라고 했던 것이다. 출퇴근 시간이 일정치 않고 밤늦게 나가는 여자는 그렇고 그런 여자라는 단순한 도식이 그에게 작동했다고 생각하면 지금도 치가 떨린다. 그런 단순 무식한 오도에도 화가 나지만, 밤에 일하는 여자는 못살게 굴어도 되는 존재란 말인가?

어쨌거나 그 집에 살면서 얻은 것도 물론 있다. 나도 싸울 줄 아는 여자라는 것을 알게 된 것, 이웃과는 적당한 거리를 유지할 수 있는 주위 환경이 필요하다는 것, 그리고 변기 수리에 도가 튼 것

정도? 살아가는 데 남자가 필요해 보이는 순간에조차 정작 중요한 것은 만만한 여자가 아님을 효과적으로 보여주는 것이라는 사실을 알았다.

'단지 여자라는 이유로 싸가지 없이 구는 것들은 인간처럼 대해줄 필요가 없다니깐. 천 원짜리, 아니 한 주먹거리도 안 되는 주제에'라고 중얼거리면서 적당히 무시할 수 있었던 데는 사실 자기방어 훈련(235쪽 부록 둘 '자기방어 훈련 날자!' 참조)이 좋은 계기가 되어주었다. 예전 같았으면 어떻게든 서로 좋게 지내려고 노력하고 애썼을 테지만 그럴 가치가 없는 인간을 제대로 대접할 뱃심을 갖춘 셈이다. 때론 열 마디 정제된 말보다 한마디의 외침, 이글거리는 눈빛이 효과적이니까.

여전히 나는 내 집이 없고 가난하며, 때때로 집을 옮겨 다니는 처지지만 아직까지 내 삶에 절실하게 남자가 필요하지 않다는 점은 분명하다. 나만의 공간을 꾸리면서 때로는 몸서리치게 외로웠고 또 어떤 때는 충만하기도 했다. 스스로 가장 대견했던 것은 공간을 꾸리고 지켜나가는 데 필요한 온갖 노동에서 누구의 힘도 필요하지 않게 되었다는 점이다. 게다가 필요하다면 맞서 싸울 수 있으니 승전보를 함께 나눌 친구가 있는 것으로 족하다. 🌿

가락 혼자 살 만큼 산 요즘은 맘 맞는 룸메이트가 절실하다. 좋은 집 못잖게 좋은 사람을 만나는 것도 정말 큰일이고 중한 일이니.

그 여자들이
함께 사는 방법

 :: 열한번째 이야기

각방을 써야 하는 이유

불뚝이와 멀뚱이는 각방을 사용한다. 즉 자기만의 공간을 가지고 산다. 처음에는 불뚝이의 고집 때문이었지만 지금은 멀뚱이도 각 방 사용이 좋다고 생각한다. 둘은 자기만의 방이 필요한 걸까?

멀뚱이는 커튼을 걷어둔 채, 창으로 들어오는 달빛, 별빛, 가로 등 불빛과 함께 잠들고, 창으로 들어오는 아침 햇살에 잠 깨는 것 을 좋아한다. 불뚝이는 커튼으로 창을 완전히 가린 채, 불빛 한 점 새어 들어오지 않는 완전히 깜깜한 방 안에서 잠들고, 아침나 절 내내 잠자는 것을 좋아한다. 멀뚱이는 잠자리에 누워 이 생각, 저 생각 하다 잠이 든다. 하지만 잠들기 전 독서는 수면 방해꾼이 라고 생각한다. 불뚝이는 잠들기 전에 머리맡에 전등을 켜놓고 책을 읽어야 잠을 잘 잘 수 있다. 책을 읽지 않으면 상념이 꼬리를 물고 이어져 잠이 달아난단다. 멀뚱이는 눈이 쉬이 피로해지기 때문에 전등불빛을 싫어한다. 그래서 해가 완전히 져 깜깜해질 때까지 불을 켜지 않고 어둠 속에서 웅크리고 있다. 불뚝이는 깨어 있는 동안에는 밝은 것을 좋아한다. 조금만 어두워져도 쉽게 눈이 피로해지기 때문이다. 그래서 조금이라도 어두우면 해가 기울지 않더라도 주저 없이 전등을 켜고 밤과 새벽에 일하는 것을 좋아한다.

결국 서로 너무나 다른 멀뚱이와 불뚝이의 '자기 방 갖기'는 불가피한 선택이었을지도 모른다. 둘이 함께 살면서도 각자의 취향을 존중하고, 억압하지 않는 방법을 찾은 것이다.

이건 내 것, 저건 네 것!

어떤 커플은 네 것 내 것 없이 물건을 공유한다고 하지만, 우리는 처음 같이 살 때부터 모든 물건의 소유를 확실히 해왔다. 세탁기는 내 것, 식기세척기는 불뚝이 것, 텔레비전은 내 것, 침대는 불뚝이 것, 오디오는 내 것, 노트북은 불뚝이 것, 식탁은 내 것, 냉장고는 불뚝이 것… 책이나 이불, 옷과 신발 등은 말할 것도 없고 자질구레한 작은 물건 하나까지 소유자를 정해둔다.

우리가 이렇게 소유를 분명히 하는 이유는 앞선 동거의 아픈 기억 때문이다. 불뚝이도 나도 예전 파트너와 헤어지면서 책을 포함한 물건들을 상대방에게 거의 주고 헤어졌다. 아니, 소유가 불분명한 것은 그냥 양보해버리기도 했지만, 사실 따지기도 귀찮았기 때문이다. 하지만 우리가 함께 살기 시작했을 때, 그때의 기억을 떠올리다 '뭔가 억울했다'는 생각에서 누가 먼저랄 것도 없이 각자의 물건을 분명히 해서 헤어질 때도 깔끔하게 헤어지자는데 선뜻 동의했다.

그리고 10년이 넘게 함께 살아오면서도 여전히 우리는 새로운 물건을 구입할 때마다 "이건 누구 것으로 할까?" 하며 소유자를 정한다. 가끔은 "만약 헤어지게 되면 이건 너 줄게" 하며 깔깔거리기도 한다. 또 우리는 선물을 가지고 우리 집을 방문하는 사람에게 "그거, 누구 주려고 가져오셨어요?" 하고 꼭 물어봐, 당황스럽게 만들기도 한다. 그래서 우리를 잘 아는 사람은 꼭 두 가지 선물을 가지고 온다. "이건 멀뚱님 것, 저건 불뚝님 것!"

그런데 세월이 흐르다보니, 부엌의 살림살이는 거의 다 불뚝이 것이 됐다. 만약 헤어지게 되면, 내게 그릇을 나눠주겠다고 약속했지만, 아무래도 헤어지는 것보다 같이 사는 것이 이득일 듯싶다.

십일조

언제부터였는지 정확히 기억나지는 않지만(우리가 돈을 벌기 시작했을 때부터였던 것 같다), 어느 날 불뚝이가 "교회에도 십일조를

서로 너무나 다른

멀뚱이와 불뚝이의

'자기 방 갖기'는

불가피한 선택이었을지도 모른다.

둘이 함께 살면서도 각자의 취향을 존중하고,
억압하지 않는 방법을 찾은 것이다.

바치는데 애인에게 못 바치랴" 하는 이야기를 꺼낸 그날로부터 우리 생활에 '십일조 규칙'이 생겼다.

이 규칙은, 각자가 노동해서 한 달 동안 벌어들인 소득의 10분의 1을 서로에게 용돈으로 주는 것이다. 이 돈은 우리가 커플의 삶을 유지하는 동안 당연히 주어야 하는 것으로 만약 잊고 주지 않으면, 당당히 "십일조 줘!" 할 수 있다. 십일조 요구는 우리의 권리이고 십일조 제공은 우리의 의무다.

단, 최소 소득 액수를 정해놓고 그 액수 이하의 돈을 번 경우는 십일조를 청구하지 않는다. 처음 시작할 때는 그 액수가 60만 원이었지만, 지금은 100만 원이 되었다. 세월이 흐르면서 십일조를 하지 않는 액수가 변한 것이다. 또 시기에 따라 나만 십일조를 준 적도 있고, 불뚝이만 십일조를 준 적도 있고, 또 둘 다 서로 십일조를 하지 못한 적도 있다.

아무튼 함께 사는 동안 백수가 되면, 애인에게 용돈 달라고 말하기도 자존심 상할 수 있는데, 그때 당당히 돈 잘 버는 애인에게 "나 십일조 줘!" 할 수 있다는 것은 참 괜찮은 일이다. 또 돈을 잘 버는 상황이라면, 애인에게 최소 소득의 10분의 1정도는 줄 수 있는 것 아닐까?

기계적 역할 분담은 절대 반대

불뚝이와 벌뚱이는 함께 살기 시작하면서 각자 스타일에 맞게 가사 노동을 분담했다. 불뚝이는 요리하길 좋아하고 게다가 요리를 너무나 잘하고, 밥 많이 먹길 좋아하지만 디저트를 즐기지 않으며 아침잠이 많으니까 점심 식사와 저녁 식사를 준비하기로 했고, 멀뚱이는 요리하길 싫어하지만, 빵과 케이크 만들길 좋아하고, 디저트를 즐기며, 아침에 일찍 일어나길 좋아하니 아침 식사와 간식, 디저트 준비, 그리고 설거지를 하기로 했다. 불뚝이는 먼지 알레르기가 있고 빨래 삶길 좋아해서 세탁을 담당하고, 멀뚱이는 먼지 알레르기가 없고 빨래 삶길 싫어하고 불뚝이보다 조금 더 정리하길 좋아하니 청소를 담당했다.

하지만 불뚝이와 멀뚱이는 기계적인 분업을 고집하지 않는다. 멀뚱이가 지쳐 있으면 불뚝이는 설거지를 하고, 멀뚱이의 청소가 마음에 들지 않으면 불뚝이는 말없이 청소를 하기도 한다. 불뚝이가 피곤해하면 멀뚱이는 요리 실력을 발휘하고 불뚝이의 세탁에 불만이 있으면 멀뚱이는 조용히 세탁을 하기도 한다.

멀뚱이가 디저트 준비를 하지 않으면 불뚝이는 디저트를 고집하지 않는다. 멀뚱이가 간식을 준비해주지 않으면 불뚝이는 간식을 고집하지 않는다. 멀뚱이가 아침 식사를 차려주지 않으면 불뚝이는 굶는 쪽을 택한다. 자연스럽게 분업의 경계가 무너지고, 누구도 서로의 역할을 강제하지 않는다.

물론 불뚝이는 가끔 불만을 토로한다. "방이 너무 더러워."

멀뚱이도 가끔 불만을 토로한다. "배고파."

각자 스타일대로!

항상 관계를 중심에 놓는 나와 항상 자신을 중심에 놓는 불뚝이는 참으로 다른 사람이 분명하다. 확실히 사람은 변하지 않는다. 다만 관계 속에서 적당한 조율이 있을 뿐. 불뚝이와 나는 지금껏 그렇게 자신의 스타일을 고수하면서 살아왔던 것이다.

앞으로도 변화하지 않을 것이고 혹시나 변화가 생긴다면 죽을 때가 된 것이리라. 🌿

멀뚱이 멀뚱이와 불뚝이는 10년이 넘도록 여전히 함께 잘 살고 있는 레즈비언 커플. 2002년 7월부터 언니네 '자기만의 방'에 자리 잡고 '두 여자가 함께 하는 일상'이라는 제목 아래 레즈비언 커플의 삶도 이성애 커플의 삶과 크게 다르지 않으며, 오히려 더 행복할 수 있다는 것을 소소한 일상의 이야기를 통해 보여주고 있다.

성산동 301호
한집, 다섯 여자, 두 고양이

성산동 301호는 친구이자 동료로 지내온 세 명의 비혼 여성이 의기투합해 빌라 3층을 통으로 전세 낸 공간이다. 방이 4개인데, 방하나가 비어 있으니 들어오지 않겠느냐는 제안을 받았다. 나는 당시 제안을 한 친구와는 알게 된 지 2개월째, 나머지 두 명과도 지나가며 얼굴만 본 사이였다. 한두 명도 아닌 세 명의 낯선 사람과 한집에 산다… 꽤 고민되는 결정이었다. 당시 나는 '혼자서도 잘 살아요' 하던 베테랑 자취생이었지만, '혼자 잘 살기도 이젠 지겹다'며 왠지 모를 허전함과 심심함을 느끼고 있었다. 시끄럽고 북적거려도 같이 사는 것이 더 재밌겠다는 설렘 반, 두려움 반으로 나는 햇살 가득한 301호의 작은 방으로 들어갔다.

하지만 나는 이사를 와서 곧 알았다. 이곳은 이전에 내가 살았던 혈연가족이나 동거생활보다 훨씬 느슨한 공동체였다. 각자의 거리와 공간이 중요했다. 생활 시간이 달랐고, 빨래를 섞지 않았다. 어느 날 내가 널려 있던 빨래를 개서 방에 넣어두었더니, 한 식구는 당황하고 불편한 기색을 보였다. 순간 나는 무색해지고 말았다. 손대면 안 되는 것을 손댔다가 들킨 기분? 이런 순간들이 종종 있자 한 식구가 당황하는 나에게 담.백.하.게. 살자고 했다.

'아아아, 담백하게 사는 건 뭐지?'

순간 나는 그동안 엄마와 아빠, 오빠와 함께 살았던 지난 20년의 '가족생활'이 참 강렬한 것이었구나 하는 생각이 들었다. 그리고 이후에 몇 번 경험했던 동거생활도 담백하기보다는 짜고 맵고 달고 시었다. 특히 부산의 혈연가족끼리는 거리가 너무 없었다. 우리 집은 농사를 짓기 때문에 특별한 외출이 없는 한 24시간 붙어 있었다. 같이 일어나 밥 먹고, 같이 일하러 나가고, 같이 점심 먹고, 같이 집에 들어왔다. 친구들과 동거할 때도 한 방에 드러누워서 양말을 벗어던지며 하루에 있었던 일을 도란도란 이야기하곤 했다. 나에게 식구는 같이 먹고 자는 사이였다.

성산동 301호가 '가족'과 '집'이라는 공간이 되자 내 안에 있던 '가족 습관'이 되살아났다. 나는 빈집에 대고 "다녀오겠습니다!", 부엌에 대고 "다녀왔습니다!" 인사했다. 언젠가 식구 H는 누구에게 인사하냐고 물었고, 나는 "집 귀신한테 인사한다"고 했다. 말 해놓고도 얼굴이 화끈거렸다. 그동안 나는 너무 꼬박꼬박 식구들에게 인사를 해왔던 거다. 그뿐인가, 심지어 내 안에 엄마, 아빠, 할아버지, 할머니까지도 되살아났다. 새벽에 일어나 쌀을 안치고, 도시락 4개를 싸고, 토마토 주스를 만들던 엄마가, 현관의 신발들을 가지런히 놓고 늘 마루를 닦던 할머니가 내 안에서 나왔다. 일곱 시, 열두 시, 여섯 시 정해진 시간에 밥상을 받아야 했던 할아버지가, 남의 말 잘 안 듣는 아빠가 내 안에서 나왔다. 나에게 체현된 '가족 습관'은 아주 끈적끈적한 것이었다.

가족살이, 다시 배우기

성산동 301호에서 가장 어려웠던 것은 나에게 체현된 '가족'을 벗고 새로운 가족을 살아보는 것이었다. 새로운 가족생활은 나에게 다른 습관을 요구하고 기르게 했다. '같이 살지만 그 안에서 혼자 잘 서기'라는 담백한 맛의 새로운 가족관계. 나에게 이 새로운 '집 경험'이 없었으면 내가 그렇게 몸서리치던 할아버지와 아빠를 또 누군가에게서 찾았을 것이며, 나는 또 너무 쉽게 할머니와 엄마가 되었을 것이다. 여자 나이 스물아홉의 외로움은 지긋지긋하지만 누군가 항상 옆에 있었던 그 끈적끈적한 가족으로 회귀하라고 부추기고, 관성의 힘에 따라 결혼시장에 나가라고 등 떠밀었다. 하지만 씩씩한 비혼 가족들과 함께 살면서 나는 더 크도록 격려받고, 더 어른이 돼야하는 성장통을 겪고

있다. 더 자유롭고 더 독립할수록 더 사랑할 수 있다는
성장통.

결혼이 아닌, 맘껏 사랑하는 사이

무엇보다 나에게 결혼의 관성을 휘휘 벗게 만든 것은 옆방 커플
이다. 내가 이사올 즈음 본격적으로 사귀기 시작한 식구 H는 최
근에 애인님과 합방했다. 그전까지 내가 경험했고 보아온 마음껏
주고받을 수 있는 관계의 모델은 혼인가족이나 이성애 연인뿐이
었다. 하지만 옆방 커플과 직접적이고 구체적이며 일상적으로 부
대끼면서 결혼만으로 모든 사랑의 형식을 그렸던 나의 관계의 공
식이 쫙 넓어졌다.

반려 고양이

또 새로 익히고 있는 가족 습관은 '반려동물'과 지내기이다. 나
는 고양이를 집 '안' 식구로 늘 염두에 둬야하는 것이 처음이었고,
집 안에서 같이 사는 것에 대한 고민도 그리 하지 않았다. 아니
몰랐다. 그냥 고양이를 좋아하니까 괜찮아, 라고 했던 나에게 온
집에 날리는 고양이 털과 가출사건은 말 그대로 실제사건이었다.
고양이가 온 동네를 휩쓸고 다니던 고향 마을과는 달리 도시에서
고양이의 가출이 얼마나 위험한지 인지해야 했고, 그에 대한 나

의 상상력은 일천했다. 처음엔 사람이 반려동물을 키우고 돌본다고 생각했지만 그동안 고양이들이 더 자주 나를 돌봐주었다. 어찌 알았는지 외롭고 심심할 때면 무릎 위에서 위로해주고 체온을 나누어주는 냥이C. 한없이 느긋하게 지켜봐주며 때론 아기 고양이처럼 내게 꾹꾹이(아기 고양이가 젖을 잘 나오게 하기 위해 어미 배를 누르는 행동)를 하는 냥이B. 이제 어디를 가도 고양이가 그려진 티셔츠와 노트에 시선이 꽂힌다. 그리고 고양이 엄마 M을 보면서 '반려'를 본다.

배운 여자들

그리고 무엇보다, 우리 집 여자들 모두 배운 여자들이다! 식탁에서는 시사 문제를 놓고 토론이 이뤄지고, 글쓰기의 괴로움이나 책읽기의 즐거움, 인권운동에 대한 대화가 열린다. 번뜩이는 지식, 분석과 혜안이 유머와 함께 반찬 따라 오간다. 여성주의자로서의 감수성은 식구들을 묶어주는 또 하나의 날줄과 씨줄이다. 그리고 각자가 하는 일들과(우리 식구의 직업은 대학강사, 프린터, 성소수자 인권운동가, 교사, 대학원생이다) 정체성에 대해 서로 긍정해주고 일상을 나눌 수 있다는 것도 큰 힘이 된다. 이른바 저강도 저임금의 노동을 하면서, 하고 싶은 일을 하고 사는 것이 이 공간에서는 더 풍요롭고 덜 불안하다.

우리는 서로 물든다

나는 이 글에서 계속 '공동체' '식구' '가족'이라는 말을 다 쓰고 있다. 그렇다. 우리는 공동체이기도 하고, 하우스 메이트이기도 하고, 식구이기도 하고, 가족이기도 하다. (다섯 명 각자가 쓰는 단어도 다르고, 의미를 부여하는 것도 다르다.) 한 달에 한 번 연락할까 말까 한 오빠보다 옆방 식구가 낫고, 일 년에 한 번도 만나지 않는 육촌보다 동네 친구 I와 L 커플이 낫다. 정 붙이면 거기가 내 집이고 고향인 거지.

최근에 그레그 모텐슨의 『세 잔의 차』라는 책에서 "한 잔의 차를 마시면 당신은 이방인이다. 두 잔의 차를 마시면 당신은 손님이다. 그리고 세 잔의 차를 함께 마시면 당신은 가족이다"라는 글을 읽고는 아, 우리 식구들과 나는 보통 인연으로 만난 것이 아니구나 하는 생각이 들었다.

조금씩 서로 물드는 당신 안의 나, 고독하되 고립되어 있지 않다는 소박한, 아니 결코 소박하지 않은 행복, 매일매일 마음의 문을 여는 연습, 아니 열린 마음을 닫지 않는 연습. 이것이 나의 성산동 301호의 담백한 가족살이 이야기이다. 🌿

가온 20살 때 부산에서 상경했고 지금은 새로운 가족살이와 독립을 배워가고 있어요. 성미산과 한강, 월드컵공원이 가까이 있는 성산동 우리 동네가 더 좋아지고 있습니다.

서로가
비빌 언덕이 된
세 여자

연희동 301호 세 여자

3년 전 어느 저녁, 어머니와 크게 싸우다가 홧김에 세탁기 옆의 락스를 한 되 들이킨 후 집에서 탈출해야겠다고 결심했다. 이전까지 가족이 함께 사는 공간이 불편했던 적이 별로 없었기 때문에 대학 졸업 후 어머니와 함께 살 때도 큰 걱정은 없었다. 그러나 고등학교를 졸업하고 떨어져 있던 6년 동안 나와 어머니는 너무나 달라져 있었다. 시민단체 활동가로 진로를 정한 나에게 엄청나게 실망한 어머니는 틈만 나면 화를 내거나 울며 마음을 바꾸기를 종용했다. 인간관계가 함께 운동하는 친구들과 논쟁하고 싸우는 상대, 이 두 가지로 양분되어 있던 내게 논쟁도 힘들고 나를 지지해주지도 않는 어머니는 너무나도 어려운 존재였다.

여기만 아니면 되는 나에게 너무 좋은 기회가 찾아왔다. 가족은 선택이 아닌 운명이라더니, 친구가 연희동에서 둘이 살고 있는 친구들이 있는데 그 집에 빈방이 있다는 정보를 알려주었다. 안면은 있었지만 친숙하지 않은 대학 강사와 일면식도 없던 국문학자는 처음부터 만만치 않았다. 사람을 들일 생각은 없지만 한번 와보기나 하라는 것이었다. 동네 구멍가게들을 지나 가파른 고갯길에 있는 집으로 들어가자 밖에서 보던 것과 너무 다른 풍경이 펼쳐졌다. 넓은 거실과 탁 트인 조망! "전 청소와 설거지가 취미고요, 컴퓨터도 잘 고친답니다." 아직도 내 발목을 잡는 아부성 발언이 나도 모르게 나왔다.

"어, 여긴 진짜 집이네." 연희동 집에 처음 온 어머니의 말이었다. 조금은 다행스러워하면서도 섭섭한 마음을 감추지 못하던 어머니는 정말 남의 집에 온 것처럼 얼마 안 있다 돌아갔다. 대학 시절 혼자 살던 자취방과는 달리 방이 세 개인 연희동 집이, 어머니에게 딸이 정말 독립했다는 생각을 들게 한 모양이었다. 이렇게 나는 연희동 301호의 새 가족이 되었다. 그렇다고 처음부터 가족인 것은 아니었다.

가사 노동이라는 벽을 넘어

처음에는 진로를 바꾸라는 압력 없이 편히 누워 자고 먹을 곳이 있다는 것만으로도 너무 행복했다. 새 집은 집안일을 정확히 나누지 않고 각자 적당히 알아서 하는 체계가 잡혀 있었다. 게다가 식구들과 나이차가 꽤 났던 나는 슬그머니 숟가락만 올려놓는 정도로 '묻어가려' 했다. 그런 내게 편지 한 장이 날아들었다. '사랑하는 어라에게'로 시작하는, 집안일 좀 하라는 편지였다. 같이 살기 위해서 누군가는 가사 노동을 감당해야 하니 가족의 일원으로서 책임과 관심을 가져달라는 내용이었다. 이러다 쫓겨나는 것은 아닌지 한동안 주눅이 들었지만 점차 집과 사람들에 익숙해졌다. 나에게도 설거지와 음식물 쓰레기 처리, 분리수거라는 전문 분야가 생기면서 상황은 큰 갈등 없이 넘어갔다.

사실 내가 처음에 이 집에 살기 시작할 때 예상한 그림은 혈연 가족이 흔히 갖는 비합리적인 끈적거림이 아니라 서로의 인생에 관여 않으면서도 사이 좋게 지내는 합리적이고 쿨한 관계였다. 독립적이고 주체적인 여성들이 공간을 나누어 사는, 나를 지지하고 지향하는 바를 나눌 수 있는 사람들과 이룬 가구. 통금 시간이나 술과 담배에 대한 태클처럼 가족 안에서의 통제와 관계를 위한 감정 노동이 없는 진공 상태의 자유를 상상했다.

그래서 내가 있는 줄 모른 채 밥을 먹다 놀란 식구들이, 집에 있는 티를 내지 그랬냐고 한 말을 이해하는 데 꽤 많은 시간이 걸렸다. 한밤중에 불쑥 친구를 8명이나 데려가서 당황하게 만들고, 일이 바쁘다고 연락 없이 집에 안 들어가기도 일쑤였다. 하지만 식구들은 장을 볼 때도 각자가 좋아하는 음식을 떠올리고, 아플 때는 걱정하고 간호하면서 끈기를 갖고 나를 지켜봐주었다. 이미 7년째 가족처럼 살고 있던 그녀들은 새로운 가족의 구성원이 되는 데 오랜 시간이 걸린다는 것을 잘 알고 있었다.

덕분에 집에 언제 들어오는지 묻는 식구의 문자 메시지는 원가족 관계에서 받던 간섭과 통제와는 전혀 다르면서도 그 연장선에 있는 무엇이 되었다. 이제는 1년에 한 번씩 가족여행을 가자는 계획도 나를 속박하는 것이 아닌 다른 종류의 공동체성으로 다가온다. 비어 있어서 자유로웠지만 한편으로는 진공이던 나의 가장 내밀한 외피를 새로운 가족이 채우고 있다. 혈연가족에게서 벗어나고 싶어 안달하게 만들던 그것이 이제는 비빌 언덕이자 자신감을 갖게 해주는 든든함이 된 것이다.

혈연으로 이뤄지지 않은 가족

지금도 연희동에는 세 여자가 살고 있다. 국문학자에서 다른 학자로, 또 가정의학과 전공의로 구성원이 바뀌었지만 집의 분위기는 여전하다. 새로운 사람이 들어오면 우리는 하루 저녁 날을 잡고 모여 앉아 하고 싶은 이야기를 나눈다. '들어오고 나갈 때, 잘 때와 일어날 때는 꼭 인사를 하자' 거나 '세탁기에 양말을 넣을 때는 뒤집어서 넣지 말자' 와 같은 소소한 약속부터 '앞으로 1~2년간 논문을 쓸 예정이다' 나 '3년간 레지던트 과정을 밟으면서 집에 자주 못 들어올 것 같다' 는 등의 인생 계획까지 이야기하면서 서로의 삶을 고려한다.

어느 날부터 가족이었던 것이 아니라 세월이 쌓이면서 천천히 된 일이다. 서로를 돕는 것이 아니라 서로를 돌본다는 느낌이 든 것도, 누군가에게 기쁜 일이나 슬픈 일이 일어나지 않았을 때에도 늘 서로를 생각하고 신경 쓰고 있다는 것을 알게 된 것도 그렇다. 하늘에서 뚝 떨어진 가족이 아니라 각자의 선택과 노력, 배려와 인정의 시간을 거쳐 구성된 가족이기 때문이다. 피를 나누지 않았다고 해서 그 무게마저 가벼운 것은 아니다. 가족은 혈연이 아니어도 가능하며 시간과 노력으로 이뤄지기에 더 소중하다는 것을 경험으로 알게 되었다.

화장실에 담궈놓은 면 생리대에서 배어나온 벌건 핏물이 하나도 불편하지 않은, '쟤가 지금 생리 중이니 이제 며칠 있으면 내 차례'라는 것을 미리 알 수 있다'며 즐거워하는 관계. 이마가 찢어졌을 때 위로를 받으며 함께 응급실로 달려가는 사이. 피곤에 지쳐 돌아왔을 때 따뜻하게 맞아주고 무슨 일인지 물어봐주는 사람들이 있는 공간. 나의 판단을 지켜보고 조언해주는 가족과 함께 지내는 것은 참으로 든든하다. 🌿

어라 원대한 목표를 갖고 여성주의 의료생협을 준비 중이며, 언젠가 비혼자들을 위한 은행과 정당도 꼭 만들어볼 작정이다.

결혼에 대처하는
이 남자의 자세

:: **열네번째** 이야기

전화를 받았을 때, 나의 가슴은 철렁거렸다. 누군가를 아프게 하면서까지 꼭 이럴 필요가 있을까. 나의 선택에 자신이 없어졌다. 처음으로 많이, 흔들렸다. 그래도 생각했다. 그분께는 죄송한 일이지만, 나도 가슴이 아프지만, 어쩔 수 없다고… 다른 언어로 다른 행복을 추구한다는 것. 그것은 누군가의 아픔을 동반한다. 언어가 충돌하면서 생기는 불가피한 균열, 그리고 굉음. 그 아픔은 나를 아끼는 타인에게, 그리고 나 자신에게, 뚜렷한 자기증거를 남긴다. 그래서 다른 언어로 살아간다는 것은, 가혹한 대가에 직면할 용기와 준비를 포함하는, 정치적 과정이다. 누군가는 아파할 수밖에 없는.

괴로웠던 사건

내가 결혼하지 않겠다고 했을 때, 어머니는 충격을 받으셨다. 그리고 그 충격은 곧바로 몸으로 나타났다. 심한 스트레스로 인해 그만 이가 몇 개 흔들리며 빠져버린 것이다. 지금 이 글을 쓰면서도 그렇지만, 나는 나 자신이 그렇게 미울 수가 없었다. 도대체 내가 무슨 권한으로 누군가를 이렇게까지 아프게 할 수 있단 말인가. 게다가 어머니가 왜 그렇게 충격을 받으셨는지, 누구보다도 잘 이해할 수 있는 나였기에, 한동안 심한 자책감에 빠져 지내야 했다.

어머니는, 3명의 아이를 잃으셨다. 첫째는 아이가 거꾸로 나오면서, 둘째는 유산으로, 셋째는 태어난 지 얼마 되지 않아 몸이 약해져서. 그리고 내가 태어났다. 3명의 생명을 계속해서 잃는다는 것, 그것은 어떤 기분일까. 어머니는 그 고통과 혼돈을 어떻게 견뎌내셨을까. 생각만 해도 아찔해진다. 그러셨기에, 어머니는 나를 정말 아끼신다. 전화 통화를 할 때면 요즘도 "사랑해"를 연발하신다(역설적이지만, 어렸을 때 받은 이런 충분한 사랑 덕에 나는 오래전부터 어머니에게서 심리적으로 독립할 수 있었다). 그리고 언제였던가. 아버지가 돌아가셨다. 지금도 생생하다. 아버지의 운구를 실은 차가 병원에 도착한다. 나는 복잡한 심정으로 차 문을 연다. 어머니가 보인다. 나를 발견한 어머니, 두 손으로 내 얼굴을 어루만지시며 꺼낸 첫 마디. "엄마는 괜찮아. 너만 있으면 돼…."

나는, 그런 어머니의 아들이다. 누구보다도 내가 결혼해서 잘 살기를 바라시는, 당신 입장에서는 너무나 평범한 소망을 너무나 어렵게 갖게 되신, 그런 어머니. 그런데 그 평범하고 어려운 소망이 순식간에 난도질당했을 때, 그분은 어떤 생각을 하셨을까. 나를 낳기까지, 그리고 지금까지의 어머니 삶에 가만히 귀 기울여본다… 아마, 멀쩡했던 이가 빠져버리고도 남지 않았을까. 그래서 나는 많이 괴로웠다. 지금도 그렇고 앞으로도 그럴 것 같지만.

표지 모델 사건

언제였을까. 난, 결혼을 굳이 하지 않아도 잘 살 수 있을 것 같다는 생각을 하게 됐다. 어느 날 문득, '혼자서도 잘 노는' 내가 앞으로도 그럴 수 있을 거라는 생각이 들었다. 어떤 거창한 이유가 있어서가 아니었다. 결혼이라고 하면 왠지 나와는 상관없는 이야기로 느껴졌다. 그러면서 한편으로는 '평등한' 결혼생활에 대해 가끔씩 상상해보기도 했다. 그러던 어느 날 여성주의를 만나게 됐다. 그러면서 결혼이라는 제도에 대해 나름대로 깊이 고민할 수 있었던 것 같다. 거칠었지만, 나의 고민은 이랬다. 지금의 결혼제도가 여러 가지 면에서 남성에게 유리한 것이라면, 내가 의도하든 의도하지 않았든, 나는 그 남성 기득권의 최고 정점에 도달하게 된다. 그러면 그 구조 안에서 나의 (여성) 동반자는 상대적으로 불이익을 감수해야 한다. 하지만 난, 나의 동반자가 그렇게 되기를 원하지 않는다. 나의 동반자에게 불리한 제도,

내가 소중하게 생각하는 사람이 불이익을 받게 되는 그 구조에서 나만 편하게 산다는 건 어떤 의미일까. 물론 내가 노력하면 달라질 수도 있을 것이다. 그렇지만 난 자신 있게 '저항'하며 살 자신이 없다. 결혼제도는 압도적으로 달콤하고 압도적으로 강고한 것이기 때문에. 그래서 아주 거친 생각이지만, 나는 동반자에게 불리하기 때문에 결혼은 하지 않는 게 좋다고 생각한다. 아니 모르겠다. 나의 동반자보다는 그 강고한 제도 안에서 여느 남성들처럼, 어느 순간 그렇게 살고 있는 나 자신을 발견하기 싫어서인지도.

그런데 나에게 비혼은, 결혼 자체의 복잡함과 관련해 좀더 조심스러운 것으로 다가온다. 내가 알기로, 2010년 미국의 국제정치학회 연례회의가 루이지애나 주 뉴올리언스에서 열리게 되어 있다. 그런데 성소수자 회원들을 중심으로 참석 여부(거부)가 논란이 되고 있다. 왜냐하면 루이지애나 주가 동성애 결혼을 금지하고 있을 뿐만 아니라, 다른 주에서 합법적으로 이루어진 결혼마저 인정하고 있지 않기 때문이다. 예컨대, 만약 다른 곳에서 이미 결혼을 한 동성애자 회원이 응급 상황으로 병원에 가야 했을 때, 그 동반자는 루이지애나 주 법에 따라 보호자가 될 수 없게 된다. 이것은 무엇을 말하는가. (결혼을 원하지 않는 경우도 있지만) 기본적으로 동성애자에게 제도적 결혼은 투쟁해서 쟁취해야 할 그 무엇인 것이다. 그리고 장애를 가진 이에게도 결혼은 특별한 의미를 가진다. 어느 날 내가 비혼식에 참여했다는 기사를 보고

1회 비혼여성축제
비혼, 꽃이
피었습니다!

나의 동반자에게 불리한 제도,
내가 소중하게 생각하는 사람이
불이익을 받게 되는 그 구조에서
나만 편하게 산다는 건
어떤 의미일까.

어떤 선생님이 나를 부르셨는데, 그 공간에 같이 있던 몸이 불편한 (남성) 선생님이 결혼은 해야 한다며 타이르셨다. 나는 그건 아니라며 충분히 이야기할 수도 있었지만, 그분의 위치와 욕망을 생각해볼 때 쉽게 말할 수 있는 부분이 아닌 듯해 얼버무리며 넘어갔던 것 같다. 이처럼 결혼이라는 것은 각자가 처한 맥락에 따라 아주 다르게 받아들여진다고 생각한다. 다시 말해 '위치'의 문제라는 이야기다. 나의 경우 '잠정적인' 이성애자 비장애 남성이라고 할 수 있는데, 그렇기 때문에 나에게 결혼은 온전히 '선택'의 문제일 수가 있는 것이다.

사실 이 비혼과 위치의 문제는, 내가 따옴표 친 '남성'이라는 점을 고려하면 더욱 복잡해진다. "저보다는 다른 분들이 더 나을 것 같은데, 꼭 제가 해야…" 비혼식을 하고 1년이 지난 시점, 어느 시사주간지로부터 연락을 받았다. 비혼과 관련된 특집기사를 준비하고 있는데, 표지 모델 중 한 명이 되어줄 수 있겠냐는 것이었다. 표지 모델이라니! 솔직히 부담스러우면서도 좀 영광(?)스러웠던 게 사실이다. 그런데 나는 참으로 복잡한 감정을 갖게 됐다. 무엇보다 같이 비혼 선언을 했던 다른 (여성)분들이 마땅히 받아야 할 관심이 내게로 온 것 같다는 '미안함'이었다. "유일한 남성 참가자"라는 이름으로 여성들의 목소리와 공간을 내가 잠식하고 있다는 생각. 나아가 나를 더욱 복잡하게 만들었던 것은, 나는 남성이기 때문에 비혼 선언을 더욱 쉽게 할 수 있었다는 생각이었다. 무슨 말이냐면, 남성은 여성에 비해 사회적 자원을 비교적 많이 가지고 있고, 따라서 비혼으로 살더라도 그로 인해 받게 될 타격이 여성에 비해 작을 수 있는 것이다. 예컨대, 이른바 출산율 세계 최저라는 현상에 대해 그 비난이 누구에게 돌아가는가. 결혼하지 않는 여성이다. 그러니 어떤 면에서, 남성인 내가 결혼하지 않는 것은, 그만큼 잃을 게 별로 없는 나의 사회적 조건 때문에 가능한 것이기도 하다. 결국 남성으로서 비혼 선언을 했던 것은, 나의 기득권적 위치를 재확인하는 과정이었던 것이다. 그래서 나는 처음에 거절도 하면서 조심스러울 수밖에 없었다. 다만 너무 까다로운 사람으로 인식될까봐, 또 왠지 재미있을 것 같다는 생각도 들어 결국 모델이 되긴 했다.

비혼은 나의 힘

여성학자 정희진 님의 표현을 빌리자면, 비혼은 결혼을 "상대화"시키는 것이라고 생각한다. 결혼 자체를 반대한다기보다는 '결혼만이 유일한 길이 아니다'고 말하는 것이다. 그래서 비혼식 날, 나는 내게 비혼 선물로 펜을 준비했다. 사회가 강요하는 그런 각본이 아니라, 나의 각본을 다른 방식으로 써나가겠다는 생각에서 말이다. 물론 걱정되는 부분도 있다. 가장 대표적인 것이, 결혼을 하지 않으면 혼자서 외롭게 늙어간다는 이 사회의 협박이다. 하지만 결혼하지 않는 것이 반드시 홀로 산다는 것을 뜻하지는 않는다. 또 외로움이란 결혼 여부를 떠나 누구나 겪게 되는 것이 아닐까. 게다가 외로움은 그것을 어떻게 해석하느냐에 따라 좋은 것일 수도 그렇지 않은 것일 수도 있다. 이와는 별개로, 사람이라는 존재가 언제 어떻게 될지 모르는 것이기에 어느 순간 상황이 변해 지금의 생각이 바뀌게 될지도 모르겠다. 그래도, 적어도 지금은, 비혼이라는 말을 떠올리면 뭔가 가슴이 설렌다. 내 삶의 가능성과 사람들의 관계가 더욱 풍부해진다고 믿기 때문이다. 그래서인 것 같다. 비혼식 날, 우주선을 타고 우주로 날아가는 꿈도 꿨다. 아울러 앞서 말한 우려들은 오히려 내가 삶에 더욱 충실하도록 하는 자극이 될 수 있지 않을까. 그런 면에서 비혼은, 나의 힘이라고 생각한다. 삶의 지도에서 내가 어디에 서 있는가를 돌아보게 하는 고마운 힘. 그래, "비혼은 나의 힘." 🌿

나름 『모모』에 나오는 모모처럼 되는 것을 꿈꿉니다. 잘 듣는 사람, 온 힘을 다해 진심으로 듣는 사람. 그러면서 서로가 겸손하게 때로는 격렬하게 성장하는.

직장이
결혼하지 않는 사람에게
주지 않는 것

"남자친구 있어요?"

1년 반 전 직장을 옮겼다. 그리고 한두 번 함께 밥 먹을 정도의 시간이 채 지나기도 전에 질문이 던져졌다. '나'에 대해 알아야 겠다는 생각에서 비롯된 평범한 관심과 호감이겠지만, 몇 번쯤 회사를 옮길 때마다 반복되는 똑같은 질문들. 꼬리에 꼬리를 물다 결국 애매하게 끝나버리는 이 질문들은 결혼을 하지 않겠다고 생각하는 나에겐 곤란함 이외의 다른 어떤 것도 아니다.

남자친구가 있냐는 물음에 처음엔 진심을 다해 '없다'고 대답했다. 순진하게도 순순히. 그러자 대뜸 소개팅을 주선해주겠다는 제안을 해왔다. 별로 친하지도 않은 그들의 호의를 단박에 거절해내기도 꽤 곤혹스러운 일이라 대충 연애할 생각이 없다고 얼버

무렸다. 하지만 그런 나의 대답이 신통치 않았는지, 진짜 괜찮은 사람이라고 재차 강조하며 나를 더 곤란하게 만들거나, 대체 왜 남자에게 관심이 없냐며 외계인 보듯 신기해하는 시선만 돌아올 뿐이었다. 그런 상황은 회사를 그만둘 때까지 몇 달의 간격을 두고 끊임없이 되풀이됐다.

그래서 지난번 회사에선 '있다'고 대답했다. 그러자 시작되는 질문들. 얼마나 됐느냐, 뭐하는 사람이냐. 또 주말이 지나고 나면 남자친구와 만났느냐, 무얼 했느냐는 등 구체적인 물음들이 쏟아졌다. 더군다나 언제 한번 데려오라는, 부탁인지 강요인지 알 수 없는 제안들까지… 사실 나는 했던 거짓말을 모두 기억할 만큼 머리가 썩 좋지도 않고, 자꾸 거짓말을 지어내는 것도 귀찮고 어이없어져 있지도 않는 남자친구를 멀리 외국으로 유학 보냈다. 하지만 상황은 좀체 끝나지 않았다. 무얼 배우는지, 언제 돌아올 건지, 연락은 자주 하는지와 같은 또다른 질문들이 생겨났기 때문이다. 결국 나는 그와 눈물을 머금고 헤어질 수밖에 없었다.

또 하나의 가족?

회사는 보통, 일을 하고 월급을 받는 지극히 공적인 공간이라고들 한다. 이 '공적인' 공간이라는 말은 언뜻 보면 꽤 프라이버시를 존중하는 매우 쿨한 공간일 것 같은 기대를 하게 만드는 말이다.

하지만 회사가 어디 그런가. 상사나 동료들과 좋든 싫든 밥도 먹고 얘기도 하며 지내야 하고, 많게는 일주일 적어도 한 달에 한 번은 회식에도 참석해야 한다. 날마다 9시간 이상을 서로 얼굴을 맞대고 살아야 하는 공간인 것이다. 친한 사람들끼리 모인 회사를 다닌 적도 없고, 나의 지향점이나 취향을 이해해줄 것 같은 사람이 많았던 적도 없기 때문에 나는 되도록 회사에서 사적인 정보를 오픈하려 하지 않는 편이다. 대충 거리를 두고 농담 따먹기나 하며 적당히 지내는 것이 좋다고 생각하는 것은 공유할 거리를 찾기도 어렵거니와 조금이라도 깊이 있는 대화를 나눌 때면 하늘에라도 닿을 듯한 벽에 부딪히는 일들을 종종 겪어왔기 때문이다.

그러나 '거리 두기'는 말처럼 쉽지 않은 경우가 태반이다. 지난 회사의 사장(그는 자신을 '결혼주의자'라고 당당하게 말하는 사람이었다)은 남자친구가 있다는 나의 거짓말을 듣자마자 '결혼은 언제 할 거냐'고 집요하게 물었다. 결혼이 얼마나 훌륭하고 좋은 것인지를 설파하기 위해 한두 시간씩 떠들어대는 건 보통이었다. 그럴 때마다 나름 성실하게 현재 결혼제도의 모순점을 짚어가며 반대 의사를 피력했지만, 나의 얘기는 번번이 묵살됐다. 혼인과 혈연으로 구성된 자기 가족에 대한 그의 대단한 자부심만 거듭 확인할 뿐이었다. 게다가 나를 더 우울하게 했던 건 정도의 차이가 있긴 하지만 다른 직원들도 사장과 별반 다르지 않다는 것이었다.

남자친구가 있다는 나의 거짓말을 듣자마자

'결혼은 언제 할 거냐'고 집요하게 물었다.

그들에게 나의 연애는 결혼과 직선으로 이어져 있었다.

흔히 말하는 '혼기가 지난' 나이 덕택이겠지만, 그들에게 나의 연애는 결혼과 직선으로 이어져 있었다. 결혼은 해도 후회, 안 해도 후회지만 그래도 하는 게 좋다는 시답잖은 말로 나를 설득하려 들기도 했다.(해도 후회하고 하지 않아도 후회한다면, 대체 결혼을 왜 하는 걸까? 돈 들고 고생하고 시간 버리는 일을 말이다.) 어째서 별 상관없는 사람까지도 꼭 했으면 싶을 정도로 결혼을 지지하는지는 당최 알 수 없지만, 결혼과 가족을 옹호하는 건 사석에서뿐만이 아니었다.

회사는 공공연하게 가족을 표방하거나 또 하나의 가족을 자처했고, 물심양면 결혼과 가족 제도를 지원했다. 결혼주의자 사장은 직원 중 한 명이 결혼을 하자 최고급 사양의 컴퓨터를 냅다 사주고, 신혼여행 경비까지 지원해주었다. 그 사람이 시댁에 들어가 살았기에 거기서 그쳤지만, 집이라도 얻었으면 전세 자금까지 대출해줄 태세였다. 그 순간만큼은 위장 결혼이라도 해서 그 모든 것을 받아내고 싶은 유혹을 심하게 느끼지 않을 수 없었다.

지금 다니는 회사는 워낙 직원 복지에 관심이 없다보니 그렇게까지 전폭적으로 지원하지는 않지만, 결혼하면 일주일의 휴가와 축의금이 딸려오고, 배우자의 직계 가족이 상을 당했을 때는 특별 휴가가 보장된다. 각종 육아 지원 제도와 출산 휴가, 가족 수당은 국가적 차원에서 지원이 장려된다. 회사 야유회에 아내나 남편, 아이들이 참석하는 건 당연시되고, 경기가 좋았을 때는 가족이 함께 해외여행을 다녀오기도 했단다. 결혼과 가족을 지원하는 정책이 많아서 나쁠 건 없지만, 문제는 이 모든 지원과 혜택의 전제가 '법적 혼인제도'와 '법적 혼인제도를 통해 이루어진 가족'이라는 점이다.

그렇기에 결혼을 '아직' 안 한 사람들이야 언젠가 어느 회사에 가서든 받을 혜택이지만, 비혼인 나에겐 그림의 떡이며 딴 나라 이야기일 뿐이다. 내가 비혼식을 한다고 회사가 휴가나 축의금을 주지도 않을 테고, 공동체를 꾸리거나 반려자가 생겨도 그들을 나의 '배우자'로 인정해주지 않을 것이다. 따라서 그들과 함께 회사 야유회나 여행에 참여하는 건 생뚱맞아 보일 게 뻔하다. 혹은 내가 입양을 해서 아이와 함께하는 시간을 가져야 할 때도 휴가를 얻을 수 있을지 의문이다. '입양은 가슴으로 하는 출산'이라고 정부에서 광고를 해대니, 6개월간의 출산 휴가를 요구해볼 수도 있겠지만, 그 이전에 비혼인 여자가 입양을 한다는 것 자체를 이상하게 여기는 시선들을 잔뜩 감수해내야 할 것이다. 아이는 '부모'가 모두 있는 안정적인 가정에서만 올바르게 자랄 수 있다느니 하는 식상한 이야기들을 해댈 게 분명하므로.

진짜 '가족'이 되려면

며칠 전 한 친구에게서 전화가 왔다. 다음 달에 남편을 따라 해외에 나가 살게 되었다는 소식이었다. 손에 꼽히는 유수의 대기업 영업부를 다니던 친구는 몇 년 전 같은 회사에 다니는 남자를 만나 결혼했다. 과도한 업무량 때문에 결혼생활을 힘들어하던 친구는 사표를 쓰고 교사로 직업을 전향했었다. 이제 그나마도 관두고 남편과 함께 출국을 하게 됐지만. 아무튼 결혼 전, 그 친구로부터 대기업에서 여직원이 살아남기가 얼마나 힘든지 따위의 이야기를 종종 들었는데, 그중 하나는 이런 것이었다. 그 회사에는 해외 근무를 마친 사람만 일정 직급 이상으로 승진시키는 관례가 있는데, 해외 근무를 하는 데도 조건이 두 가지 있다고 했다. 결혼한 사람일 것 그리고 반드시 가족과 함께 갈 것. 대체 한국사회에 아내의 직장 때문에 자기 본업을 때려치우고 해외에 따라갈 남편이 몇이나 있을까. 비혼인은 대놓고, 여성은 교묘하게 걸러내는 이 야비한 수법이라니! 결국 회사라는 공적 영역이 합리적인 근거나 이유도 없이 비혼 여성을 책임감 없고 믿을 수 없는 존재로 낙인찍고 있다는 뜻이 아닌가. 전화기 너머의 친구는 딱히 할 일도 없는 낯설고 물선 곳에서 4년씩이나 살아야 할 걱정이 태산이었다. 결혼생활과 남편의 진급을 위해 자신의 꿈을 하나둘 접어가는 친구의 이야기는 무척이나 씁쓸했다.

새로운 직장에 출근할 때마다 이번에는 뭐라고 대꾸할까 궁리하는 것도 지겹고, 비혼인으로서의 권리를 주장하는 것이 가당치도 않은 분위기에서 그 불공정함에 혼자 속을 끓이는 것도 짜증스럽기만 하다. 이런 생각이 들 땐 차라리 회사를 하나 차려버리고 싶은 마음이 굴뚝같다. 법적 혼인만이 아니라 공동체와 비혼 등 여러 형태의 삶의 방식을 포용하고 인정하는,

획일적인 복지제도로 생색만 내는 게 아니라 각자가 필요로 하는 실질적인 제도를 함께 만들어가는, 단순 무식하게 허울뿐인 '가족 같은 분위기'를 외치는 게 아니라 개개인의 다양성을 존중하고 일상을 보호해주는 문화를 가진 회사라면, 안 그래도 차고 넘치는 직장 스트레스가 좀 덜하지 않을까. 🌱

하란   현재 10년차 직딩. 언젠가 뜻 맞는 사람들과 작당해서 '결혼'과 상관없이 길게 먹고살 수 있는 길을 열어갈 에너지를 비축 중이다.

장애 여성에게
혼자 산다는 것

:: **열여섯번째** 이야기

가족과 나

나는 중증장애를 가진 여성이고, 활동보조인 없이는 일상생활이 불가능하다. 그러나 나는 오래전부터 막연하게 독립을 꿈꿔왔었다. 나의 삶이 가족이란 구성체 안에 억지로 끼워져 있는 듯한 느낌이었기 때문이다. 누구도 내가 무엇을 원하고 고민하는지 관심조차 가져주지 않았다. 가족에게 내 장애는 무능력함을 나타내는 것이었고, 나는 평생 짊어지고 가야할 짐 같은 존재였다.

　나는 가족 행사에 참여한 적이 거의 없었다. 친언니들의 결혼식에도 가지 못했다. 첫째 언니의 결혼식이 있던 날, 나는 당연히 같이 가는 줄로만 알고 있었다. 그런데 내 생각과 달리 큰언니는 잠자고 있는 내 손에 5천 원을 쥐여주며 "잘 지내고 있어"라는 말을 남기고 결혼식장으로 갔다. 그때 11살 정도밖에 안 된 나는 큰 언니의 행동이 잘 이해되지 않았는데, 우연히 가족들이 웅성거리는 소리를 듣게 됐다. 나를 데려갈 것인가 말 것인가에 대해 논의를 하는 듯했다. 결국 결혼식을 할 동안 엄마 친구분에게 나를 돌봐달라고 부탁하자는 쪽으로 결론이 내려졌다. 그렇게 썰물처럼 가족들이 빠져나가자 감당하기 힘든 서러움이 북받쳐 혼자서 펑펑 울었다. '나도 가족인데… 나도 언니 결혼식 하는 거 보고 싶은데….'

그 이후에도 나는 둘째 셋째 언니의 결혼식에 가지 못했다. 언니네 시댁에서 장애를 가진 동생이 있다는 것을 안다면 분명히 마이너스 요인으로 작용할 것이란 이유 때문이었다. 나는 나도 모르는 새 유학 간 막내 동생이 됐다. 심지어 아버지 환갑잔치에도 텅 빈 집에 혼자 남아야 했다. 이러한 상황들에 대해 너무나 화가 나고 이해할 수 없었지만, 한편으로는 오로지 가족들 잘못만은 아니라는 생각을 하게 되었다. 사회적으로 장애에 대한 혐오와 편견이 강하기 때문에 우리 가족 역시 그런 인식들 앞에 자유로울 수 없었을 것이란 생각이 들었기 때문이었다. 하지만 더 이상 이러한 상황에 놓이고 싶지 않았다. 그래서 더 독립을 하고 싶었다.

그러던 어느 날, 전혀 현실성이 없다고만 생각했던 독립이 불가능하지만은 않다는 희망을 얻었다. 우연한 기회로 인권단체 활동을 하면서 독립에 대한 생각을 정리할 수 있게 되었다.

우리 사회는 장애 여성들을 성별이 없는 무성적인 존재로 낙인 찍으면서도 남성과 성관계를 가질 수 있거나 출산, 양육, 가사를 도맡아 할 수 있는 장애를 가졌다면 서슴없이 독립보다는 결혼을 택하길 권장한다. 사회는 너무나도 장애 여성들의 독립적인 삶을 인정하지 않으려 한다. 내가 독립을 결심할 때도 주위 사람들로부터 격려와 지지보다는 세상 물정 모르는 어린아이 타이르는 듯한 충고를 들어야 했고, 누군가의 보호를 필요로 하는 나약한 존재로 취급됐다.

물론 나의 장애는 중증이고 일상생활에서는 늘 활동보조가 필요하다. 하지만 나는 결혼이란 제도에 얽매임을 당하고 싶지도 않을뿐더러 어렵고 험난한 길이라 할지라도 나만의 방식으로 삶을 살아가길 원했다. 내가 사고 싶은 물건을 직접 고르고 싶었고, 친구와의 약속도 자유롭게 정해서 어느 때든 외출하고 싶었다. 그리고 어떤 일을 할 건지, 혼자 살 건지 아니면 누구와 같이 살건지 등등 미래에 대한 계획도 스스로 결정하면서 차근차근 준비를 하고 싶었다.

이와 같은 일은 비장애인들에게는 너무 사소한 일이고, 당연하게 주어진 권리이지만 내게는 힘겨운 싸움과 오랜 설득을 해야얻을 수 있는 것들이다. 난 단순히 물리적인 독립만을 추구한 것이 아니라 나에 관한 모든 결정권을 되찾고 싶었다.

독립을 결심할 때,
주위 사람들은 격려와 지지보다는
세상 물정 모르는
어린 아이 타이르듯 충고했다.
나는 그저
누군가의 보호를 필요로 하는
나약한 존재로 밖에 비춰지지 않았다.

환상과 현실은 서로 다르게 공존한다

나는 결심을 실천에 옮겼다. 예상보다 훨씬 더 많은 어려움에 봉착했지만 독립의 꿈을 실현해 나갔다. 제일 먼저 부딪친 것은 가족들의 반대였다. 가족들은 독립에 대한 나의 의지와 생각은 부시한 채 무조건 반대만 했다. "네가 화장실만 혼자 가고 밥만 혼자 해 먹을 수 있어도 나가 살라고 하겠다. 주제 파악 좀 해라!"

하지만 나는 언제까지나 가족의 틈에서 우물 안 개구리처럼 살고 싶지는 않았다. 나는 상황이 쉽게 바뀌지 않을 것이라고 짐작하고 오랜 시간이 걸리더라도 포기하지 않고 더욱더 강하게 나의 의지를 표현해나갔다. 나는 몸의 다름이 인정되고 그것이 차별로 이어지지 않는 삶을 꿈꾸었다. 내 선택에 따라 아침에 눈을 뜨고, 밥을 먹고, 외출하는 일상을 갖는 것만이 새로운 삶을 시작하는 출발점이었다. 결국 오랜 설득 끝에 가족들은 나의 결심을 인정했고, 경제적인 지원을 해주었다. 나는 부모님과 언니들에게 혼자서도 잘 살 수 있는 모습을 보여주고 싶었고, 나의 선택에 책임을 지고 싶었다.

그러나 그렇게 희망하던 독립은 만만치 않았다. 너무 낯선 동네와 낯선 사람들 틈에 덩그러니 버려진 미아가 된 기분이었으며, 독립을 했다는 자유를 맛보기도 전에 독립을 유지시켜야 한다는 강박관념에 시달렸다. 20년 넘게 용돈 관리도 제대로 한 적이 없었기 때문에 몇 달을 엉망으로 살림을 꾸려갔다. 부모님께 받은 용돈을 계획 없이 지출했던 이제까지의 소비 습관을 열심히 바꿔나가면서.

활동보조 서비스를 받는 것도 쉽지 않았다. 나는 활동보조인이 없으면 모든 생활이 멈춰 버린다. 혼자 일어나 앉을 수도 없으며, 씻고 밥 먹고 화장실 이용하는 것들도 혼자 할 수가 없기 때문이다. 독립하기 전에는 가족이 활동보조를 해주었지만 독립을 하고 나서부터는 활동보조인의 도움을 받아야했다.

하지만 활동보조인은 자주 펑크를 냈다. 일주일에 몇 번씩 도착하기 1시간 전에 못 온다고 전화를 했다. 내 활동보조를 하는 사람이면 어떤 일이 벌어질지 잘 알 텐데, 그런 무책임한 행동을 했다는 사실에 정말 화가 났다. 저녁때는 전동휠체어를 타고 있어서 조금은 자유롭지만 아침에는 침대에서 꼼짝도 못했다. 내 자신이 너무 무기력하게만 느껴졌지만 활동보조인을 구하는 것이 쉬운 일이 아니기 때문에 참아야만 했다.

활동보조인을 대할 때 겪는 감정 노동의 부담감도 설명하기 어려울 정도다. 심지어 장애 여성이 월경하는 것에 대해 "생리해요? 귀찮게… 결혼할 것도 아닌데 수술하지 그러세요?"라는 식으로 부정적으로 이야기하는 활동보조인도 있었다. 반면 나의 독립을 지지해주며 작은 것 하나에서도 선택권을 존중해주려는 이들도 있었다. 식사할 때 숟가락으로 밥을 뜨면서 "밥 양은 적당하세요?"라고 물어보는, 부담 주는 말들을 안 하고 편하고 자연스럽게 대해주는 사람도 있었다. 그럴 때면 사막에서 오아시스를 찾은 것처럼 안도감을 느끼며 잠시 감정 노동에서 해방되기도 한다.

천천히 나만의 독립을 만들어가다

어느덧 독립한 지 5년이 되었다. 짧다면 짧다고 생각할 수도 있겠지만 나에게는 50년 동안 천국과 지옥을 오간 느낌이다. 독립만 하면 모든 것을 다 얻을 수 있을 것이란 생각이 얼마나 현실과 동떨어진 것인지 알 수 있었다. 한 번도 후회한 적이 없다고 하면 거짓말일 것이다. 가끔 너무 힘들고 지칠 때는 다시 부모님 집에 들어갈까 생각도 했지만 그때마다 미래를 다시 그려보며 마음을 다잡았다.

그동안 조금 변한 것이 있다면, 가족과 주변 사람들의 인식인 것 같다. 이제 부모님과 언니들은 나를 더이상 짐스럽게 생각하지 않는다. 독립하기 전까지 부모님은 나를 평생 책임져야 한다는 생각에 많은 걱정을 하셨다. 나 때문에 마음 편히 외출할 수 없다는 한숨 섞인 어머니의 말에 왠지 모를 미안한 감정으로 아무런 대꾸도 못 했었다. 하지만 독립한 이후 가족들의 일상 속에 내가 없는 것이 너무 자연스러워졌다. 나의 앞날을 생각하면 밤잠을 설친다는 어머니의 한탄도 줄어들었다. 어머니는 "엄만 처음에 하루도 못 버티고 들어올 줄 알았다. 그런데 이렇게 자리 잡고 사는 걸 보니 자랑스럽구나"라는 말씀도 하셨다. 그리고 나 역시 변한 것 같다. 예전보다 많이 강해지고 뻔뻔해졌다고 할까?

나에게 독립은 전혀 예측할 수 없는 모험이라고 생각한다. 혼자 있을 때 어떻게 닥쳐올지 모르는 위험을 감수해야 하고, 언제 펑크를 낼지 모르는 활동보조인과의 관계를 조율하고 대비해야 한다. 나는 지금 지쳐서 모든 것을 포기하고 싶어질 때를 경계하며 스릴 있게 살고 있다.

그리고 내성적인 내 얼굴에 깔린 철판은 점점 두꺼워진다. 물건 살 때 흥정하는 것도 늘었고, 길에서 필요해지면 시민들을 잠재적인 활동보조인으로 대체하기도 한다. 영화관에서 장애인석에 대한 배려가 없다면 그 자리에서 항의하는 성질 나쁜 장애 여성이 되어간다.

사실 요즘 또다른 고민과 갈등이 생겼다. 작년에 큰 수술을 하고 나서 건강 상태가 안 좋아져 자꾸만 누군가한테 의존하고 싶은 마음이 생기는 것이다. 어떻게 살아야 할지 막막함에 빠져버린다. 다시 가족 테두리 안에 들어가야 하는 것인지 누군가와 동거를 해야 하는 것인지 수없이 많은 생각을 하고 있다. 약해지는 마음과 싸우며 외줄타기를 하듯 살고 있지만 결국 난 또 독립을 선택하고 말 것이다. 왜냐하면 나는 내가 선택하여 원하는 방식으로 살아가고 싶고 비록 아슬아슬한 모험을 할지라도 내 삶을 지키고 싶으니까. 🌿

상희

까칠하고 예민하지만 알고 보면 유머를 좋아하고 즐기는 사람.

우리 가족은 넷이다
:: 열일곱번째 이야기

법적으로 결혼하지 않았으니 혼인관계도 없고 피를 나누지 않았으니 혈연관계도 없지만 내겐 함께 먹고 자고 다투고 부딪치며 살아가는 이들이 가족이다. 하지만 서로를 가족이라 생각하는 건 우리뿐이다. 아무도 우리를 그렇게 여겨주지 않는다. 얼마 전 회사에서 직계가족이 아프면 병원비의 얼마를 대준다며 자랑했지만, 우리 곰곰이와 빵이(줄여서 '곰이빵이'다)가 목숨을 다투는 대수술을 받아도 십 원 한 푼 내주지 않을 것이다. 당연히 건강보험에 강아지들 이름을 올려놓을 수도 없고 부양 가족이 있어야 하는 저리의 대출도 꿈꿀 수 없다. 뭐 그래. 간혹 강아지를 먹는 사람도 있으니 그런 꿈은 너무 혁명적이라 치자. 하지만 법적 보호를 받지 못하는 우리도 '가족'이라는 이름을 쓸 자유쯤은 있지 않은가.

혈연에게 외면받는 나의 강아지

명절 때 집에서 하는 일은 주로 조카들과 놀아주는 것인데, 가만
보면 5세 이하의 아이들이 하는 짓은 강아지와 크게 다를 게 없
다. 끊임없이 반복되는 놀이에도 지치지 않는 집요함이라든가,
'놀아줘' '먹을 걸 내놔' 하는 듯한 눈빛을 쏘아대며 입도 뻥긋
않고 나를 부려먹는 신통함이라든가, 시키는 건 곧 죽어도 하지
않겠다고 떼를 쓰면서도 자기가 필요할 때면 한여름 아이스크림
처럼 나를 녹이는 필살 애교를 부린다든가. 하지만 조카들 하는
짓이 곰이빵이랑 똑같다는 내 주장에 언니들은 '감히 개랑 사람
을 비교하다니!' 라는 마땅찮은 반응을 보일 뿐이다. 엄마 아빠는
훨씬 심각하다. 처음 강아지를 데려오던 날부터 반대 한 표를 던
지셨던 엄마의 냉랭한 태도는 아직도 여전하고, 늘 뭔가 나의 신
경을 건드리길 즐기는 아빠는 '너 집에 없을 때 가서 개들을 다
창밖에 던져버리겠다' 는 무시무시하고 끔찍한 얘기를 던져놓곤
껄껄 웃는다.

　부모님 입장에서는 10년 전부터 과년했던 딸이 결혼 이야기만
나오면 칠색 팔색하며 고개를 내젓는 것만도 걱정인데, 어디서
짐승 두 마리를 데려와 제 자식이라고 우기니 기가 찰 노릇일지
도 모르겠다. 하지만 내가 왜 그런 생각을 갖게 되었는지 혹은 그
런 방식을 택했는지에 대해 한 번도 진지하게 들어주거나 이해하
려고 애쓰지 않았다. 소통이나 공감을 위한 별다른 노력도
없이 그저 혈연이라는 이유만으로 당연하게 묶여야 하

는 게 '가족'이라니. 그게 더 이상하지 않다. 아무튼 그들이 어떻게 생각하든 이미 내 생활이나 가치관, 혹은 내가 상상하는 미래에까지 곰이빵이는 지대한 영향을 미친다.

곰곰이와 빵이를 만나다

처음 곰곰이를 데려온 한두 해 동안은 그런 취미가 각별히 있던 것도 아닌 주제에 재봉틀을 빌리고 천을 떼다 강아지 방석을 만들고, 뜨개질로 옷을 해 입히고, 각종 재료를 사다 강아지용 생일 케이크와 쿠키를 굽는 유난을 떨기도 했다. 서로에게 익숙해지고 일상을 공유하는 시간이 쌓이면서 그런 유난들은 조금 사그라졌지만, 대신 다른 관심들이 생겨났다. 요키(요크셔테리어)와 푸들도 구분 못 하던 내가 보더 콜리나 그레이트 피레네즈, 웨스트 하이랜드 화이트 테리어 같은 강아지 품종을 줄줄 꿰고, 강아지들만 보면 괜히 반가워 인사를 하지 않고는 지나치지 못했다. 학대받는 강아지들의 이야기에 슬픔의 눈물과 분노의 핏대를 세우다 급기야 곰곰이가 다니는 병원에 맡겨진 유기견 소식을 듣고는 앞뒤 가늠할 새도 없이 덥석 안아오는 만행(!)까지 감행했다. 그렇게 우리 집 둘째 빵이를 만났다. 그리고 내 삶의 변화는 계속됐다.

집을 선택하는 기준도 달라졌다. 번화가만 고집하던 내가 지금은 곰이빵이와 함께 거닐 수 있는 공원이나 산책로가 가까운 집을 최우선으로 생각한다. 곰이빵이가 맘껏 뛰놀 수 있는 너른 잔디 마당이 있는 집은 정말이지 로망 중의 로망이다.

처음부터 강아지란 존재를 이렇게 각별히 생각하진 않았다. 처음 강아지를 키우겠다 생각한 것은 함께 살던 친구의 발상이었고, 나는 잘 보살필 수 있을까 하는 걱정과 인간보다 수명이 짧은 개들에게 무한한 애정을 주는 것에 막연한 두려움을 갖고 있었다.

2년 전 곰곰이를 애견 카페에 맡기고 친구와 열흘 정도 여행을 다녀온 적이 있다. 우리와 떨어져 지내는 게 처음인 곰곰이 걱정에 공항에 내리자마자 카페로 달려갔다. 우려와 달리 너무나 잘 지냈다는 카페 주인의 말에 흡족해하며 집에 왔는데, 밤부터 곰곰이가 이상해지기 시작했다. 기운이 없는 듯 축 늘어져서는 장난감을 줘도 널브러져 있기만 하더니 급기야 뱃속에 있던 것들을 뱉어내기 시작했다. 강아지가 토를 하는 것은 배가 고파서라는 짧은 지식만 가지고 있던 엄마들은 곰곰이가 평소 좋아하던 간식을 주며 달랬지만 소용없었다. 한밤중에 집 근처 24시간 동물병원으로 달려갔으나 딱히 원인을 찾지 못한 의사는 약봉지를 쥐여주며 우리를 돌려보냈고, 밤새 곰곰이는 5분 이상을 누워 있지 못했다. 잠시 잠을 청하다가도 곧 비실비실 일어나 이제 더이상 나올 것도 없어 위산만 꿀럭꿀럭 토해내는 곰곰이를 보고 있자니 속이 타 들어갔다. 그렇게 아파 누워 있으면서도 "곰곰아, 많이 아파?"라고 물으면 꼬리를 살랑살랑 흔드는 녀석. 몸이 이 지경인데도 카페에서는 낯선 사람들뿐이라 아픈 티도 못 냈구나, 그것도 모르고 엄마란 것들은 신나게 놀아젖히다 왔구나, 그런데도

잘 보살필 수 있을까 하는 걱정과

인간보다 수명이 짧은 개들에게

무한한 애정을 주는 것에 대해

막연한 두려움이

있었다.

한마디 원망도 안 하고 우리를 반겨주었구나. 이러다 정말로 무슨 큰일이 나서 어떻게 되기라도 하면 어떡하나, 아직 해주지 못한 것도 많은데….

그것은, 정말이지, 가슴이 먹먹해지고 아무 말도 나오지도 들리지도 않는 암흑 같은 일이었다. 강아지 평균 수명이 15년 내외라고 하니, 어쩌면 앞으로 살면서 나는 몇 번 더 이런 고통스런 경험을 하게 될지도 모르겠다. 그러니 그때 서로 덜 아플 수 있도록 함께하는 순간마다 더 열심히 아끼고 사랑해야지.

무조건적이고 완벽한 믿음

관계는 '기브 앤 테이크'라고 하던가. 나는 강아지들에게 약간의 보살핌을 제공하고 하루 중 얼마 되지 않는 시간만 애정을 보여주지만 강아지들은 가슴이 아릴 만큼 무조건적이고 완벽한 믿음을 보여준다. 밤 늦게 들어와 잠만 자다 나가버려도, 그 좋아하는 공 던지기 놀이를 실컷 해주지 못해도, 일주일 넘도록 산책 한번 데려 가주지 않아도 나를 책망하지도 꾸짖지 않는다. 오히려 깜찍한 재롱과 애교로 나를 웃음 짓게 하고, 생각지도 못했던 영특함으로 나를 감동시킨다. 사람들과의 관계에서 치이고 힘들 때, 나를 안심시켜주는 것 역시 강아지들이다. 기브 앤 테이크 관점에서 보면 곰이빵이는 나에게 손해 보는 장사를 하고 있는 셈일지도 모른다. 그래서 나는 항상 미안함과 고마운 마음을 가지고 강아지들을 생각하게 된다. 나는 우리 가족을 떠올리면 너무너무 좋고, 사랑스러워 어쩔 줄 모르게 되지만, 비단 그런 달콤한 감정만 있는 것은 아니다. 마음 깊은 곳엔 늘 짠한 무언가가 자리 잡고 있다. 이들이 아프거나 무언가 좋지 않은 일을 겪게 되는 상상만으로도 눈물이 왈칵 쏟아지게 만드는 그 짠한 무언가. 이렇게나 가까이 또 깊이 서로를 느끼는 우리가 가족이 아니면 대체 뭐란 말인가.

집으로 가는 길, 오늘도 난 천사 못지않은 순진한 얼굴로 새근새근 자고 있을, 혹은 투닥투닥 장난을 치며 뛰어다닐, 실수로 바닥에 떨어뜨리고 간 무언가를 집요하게 물어뜯고 있을 두 애기를 떠올리며 발걸음을 재촉한다. 그리고 괜히 신나서 아무렇게나 지어 만든 노래를 흥얼거린다.

"곰곰이 곰곰이 곰곰이~ 빵이 빵이 빵빵이~ ♬"

푸하 강아지와 함께하다 보니 세상의 모든 것이 너무나 인간 중심적이란 것을 깨닫고 있는 1인.

지금 당신의
이웃집에선,
삽질!

:: **열여덟째** 이야기

CT 촬영을 하려고 병원에 갔더니 간호사가 묻는다.

결혼 하셨어요?

아니요.

임신 가능성은 없겠군요.

알면서도 모른 척하시는 거죠?

파트너와 황홀한 밤을 보내고 아침에 눈을 뜨면 가끔, 모든 것이
낯설다. 곤히 잠든 옆 사람은 낯선 생명체 같고, 내 방이 이국의
낯선 게스트하우스처럼 느껴진다. 여기가 어디지? 그럴 때면 엄

마 생각이 난다. '흉악한' 순간이 오면 '결사항쟁'만이 살 길이라고 가르쳐주던 엄마. 가끔 떠오르는 엄마의 조언은 '꽉 다문 조개'를 연상시킨다. 겁에 질리거나 잔뜩 성난 조개. 파도의 흐름에 따라 입을 벌리고, 연한 속살을 내보이며, 밀려드는 조수에 맞춰 노래하는 조개도 있는 거잖아? 엄마에겐 이런 말을 하지 않는다.

뱃속부터 나의 아버지였던 '그분'의 경우는 좀 다르다. 전지전능하신 그분은 당신 딸이 '무슨 짓'을 하는지 이미 알고 계시지 않은가. 마음의 짐을 덜어보고자 새하얀 미사포를 쓰고 성당에 앉아 하느님과의 접선을 시도한다. 아버지. 그 사람의 손길에 흥분하고, 나로 인해 상대가 긴장하는 순간에 짜릿함을 느끼고, 살뜰하게 어루만지고, 타액을 주고받는 게 벼락 맞을 일인가요? 내밀한 속살을 맞대고 새로운 리듬을 발견하는 건 가장 은밀하고 솔직한 대화 아닌가요? 불꽃처럼 터지듯 절정에 오르면 감사합니다, 그러잖아요. 그러니 하느님. 무조건 안 된다, 하지 마라. 그러지 말아주세요. 피임은 잘 할게요. 네?

안타깝게도 '그래, 내 딸아. 네 마음을 알았으니 실컷 즐겨라'와 같은 응답을 받진 못했다. 다만 몰랐던 나를 일깨워주고, 나로 인해 새롭게 깨어나는 파트너를 만나는 것을 신의 간접적 허락으로 여기기로 했다. 어쩌면 하느님은 대놓고 허락하기 멋쩍어 슬쩍 눈길을 돌리신 걸지도 모른다고 생각하면서.

축구 경기가 아니잖아

이십대 초반의 섹스는 불장난을 닮아 있다. 일기장이나 사진을 태워본 사람이라면 알겠지만, 무언가를 태우려 들면 영화나 드라마에서처럼 불이 잘 붙지 않는다. 불이 붙는가 하면 꺼지고, 타는가 하면 끝난다. 처음 몇 번이야 취기, 객기, 하고자 하는 의욕으로 불을 붙인다고 해도 흥미나 쾌락이 지속되긴 힘들다. 섹스가 몸의 부딪침이 아니라 교감과 소통의 장이라는 것에 동의하는 파트너를 만나는 것이 관건이라는 사실을 알기까지, 몇 번의 삽질이 필요했다. 무식한 삽질은 몸과 마음에 흉터를 남기곤 한다.

몸을 통해 영혼을 교류하는 파트너를 만나자, 손끝만 닿아도 짜릿하고 입술만 부딪쳐도 온몸이 달아올랐다. 절정에 닿는 법을 알게 되고부터는, 그 순간을 만끽했다. 하지만 우리도 모르는 사이, 목표가 설정되었다. 절정에 닿자! 반드시, 꼭! 취하기 위해 마신 술은 깨고 나면 허망한 것처럼, 절정을 향해 돌진하는 섹스 역시 그랬다. 그건 스포츠와 다를 바가 없다는 생각이 들었다. 물론 사람에 따라서는 섹스를 축구 경기하듯 즐길 수도 있겠으나, 슛, 골인! 하는 식의 섹스는 나와 맞지 않았다.

운동화 끈을 바짝 매고 결승점을 향해 달리는 것이 아니라, 뛰다가 걷다가 흘러가는 구름도 보고, 바람도 느껴보자고 했다. 가보지 않은 샛길로도 가보고, 먼 길로 돌아가보자고도 했다. 시도는 했지만 쉽진 않았다. 속도 조절이 가능할 때도 있었지만, 파트

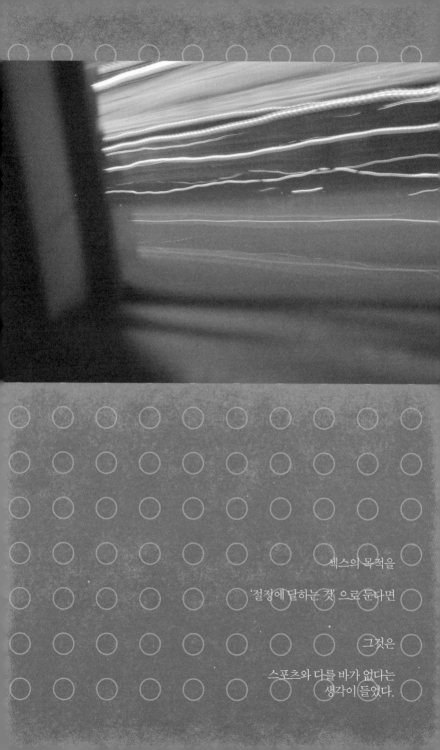

섹스의 목적을

'절정에 달하는 것' 으로 둔다면

그것은

스포츠와 다를 바가 없다는
생각이 들었다.

너의 흥분을 모른 척할 수 없어 상대의 속도에 편승하기도 됐다. 상대만 탓할 문제는 아니었다. 쾌락에 길들여진 내 몸은 더 빨리, 더 강한 자극을 달라고 몸부림쳤고, 손길과 마음은 급해졌다. 그럴 때면 끓기도 전에 라면 냄비를 열고 허겁지겁 배를 채운 것처럼, 공허했다. 소모적이란 느낌은 섹스 자체에 대한 흥미를 떨어뜨렸다. 물러설 순 없었다. 사소한 변화를 시도했다.

"잠깐, 잠깐만."
"왜?"
"조금만 쉬자."

파트너의 등을 어루만지고, 숨을 가다듬으며 '쉬는 시간'을 가져봤다. 머리칼을 쓰다듬고, 가볍게 입도 맞췄다. 서로의 옆구리를 간질이며 깔깔대기도 하고, 사소한 농담도 주고받았다. 일상적 대화나 체위에 대한 의견도 나누었다. '골인'에 대한 욕심이 희석되자 육중하게 짓누르던 욕망은 산뜻하고 밝아졌다. 새로운 리듬이 생기고, 의외의 순간에 절정이 찾아왔다.

꼭 '부부'여야 하나요?

파트너와 같이 살기 시작했을 때, '우리 집'이 있다는 사실 자체가 좋았다. 늦은 밤 헤어지지 않아도 되고, 숙박업소를 전전하느라 시간과 돈을 허비하지 않아도 되니까. 나란히 손잡고 장을 보고(똑같이 생긴 밥그릇과 국그릇, 머그잔을 고르던 설렘은 잊을 수 없다) 함께 요리를 하고(상대의 기호를 고려하며 요리하는 것은 즐거운 변화였다) 집안일을 분담하고(나는 설거지를 좋아하고, 상대는 청소를 잘했다) 차나 와인, 정종으로 기분을 내고, 뜨거운 밤을 보내는 것. 우리의 삶은 신혼과 다를 게 없었다. 엄마가 모른다는 것만 빼면.

우리가 제도 밖에 있다는 사실을 일깨워주는 데는 이웃집 아저씨의 시선도 한몫했다. 격렬한 밤을 보낸 다음 날이면 아저씨는 의도적인 헛기침과 추궁의 레이저 빔을 쏘아댔다. 밤새 터져나온 '뜨거운 소리'가 얇은 벽 너머로 스며든 것이 분명했다.

만약 우리가 '부부'였다면 그 사람의 눈빛에는 수긍, 동조, 흐뭇함, 격려 따위가 담겨 있지 않았을까. '무슨 상관이야, 너나 잘하세요'라는 칼 같은 말을 품기도 하고, '우리 결혼한 사이에요'라고 말하면 어떤 반응을 보일지 상상한 적도 있다. 하지만 닦달과 추궁에서 벗어나기 위해 인당수에 몸을 던지듯, 한 번도 꿈꿔보지 않은 순백의 웨딩드레스에 뛰어드는 건 너무 가혹하고 무모한 일이지 않은가!

내가 누군가와 함께 사는 것은 결혼의 전주곡도, 숙박업소 비용을 아끼기 위한 것도 아니다. 사랑하는 사람과 함께 사는 것. 혼자 아닌 둘이서, 서로의 부족한 점을 보완하며 새로운 삶을 꾸려가는 것. 소박하지만 거창하게, 우리만의 느슨한 공동체를 꿈꾸는 것이다. 여기에 반드시 결혼이란 틀이 필요하다고 생각지는 않는다. 틀에 갇히지 않는 삶은 자유롭고 낭만적이지만, 그만큼 불안정하고 아슬아슬하다. 서로에 대한 믿음, 풍부한 상상력, 의지와 실천력이 담보되지 않으면 하룻밤 꿈처럼 허망해지기 쉽다. 불장난이나 방종에 그치지 않으려면 자유로운 대화와 합의, 원칙이 필요하다. 이것은 남에게 보여주거나 인정받기 위한 것이 아니라, 전적으로 내 자신과 파트너의 삶을 위한 것이다.

한 삽, 두 삽, 세 삽… 나만의 정원

모든 것을 다 갖추고 시작했다면 '삽질 인생'이 아니다. 의욕과 낭만으로 지었던 '우리 집'은 사소한 압력에 금이 가고, 거센 바람에 흔들리다 끝내 허물어졌다. 그러나 무너진 집은 거름이 되고, 다음 집을 짓기 위한 재료가 된다. 많은 사람들이 '단 하나의 우리 집'이 평생 가기를 꿈꾼다면 나는 내 인생이 '다양한 우리 집들'로 채워졌으면 한다.

비혼의 삶은 자기만의 정원을 가꾸는 것과 닮아 있다. 지금의 나는 한 손에는 희미한 구상도를, 다른 한 손에는 삽을 든 정원사다. 삽질을 거듭하다보면 물집이 생기고, 때론 내 발등을 찍기도 하지만, 삽질을 통해 나의 근육은 단단해지고, 정원의 흙은 부드럽게 몸을 열어준다. 무모하고 철없어 보이는 '삽질'을 통해 나의 정원은 내 속도대로 성장한다.

그러니 당신, 내게 언제 '열차'에 올라탈 거냐고 묻는 당신, 이미 늦었다고 내 엉덩이를 떠미는 당신, 열차에 올라타지 못해 안절부절못하는 당신, 엉거주춤 열차에 올라탄 채 불안해하는 당신, 열차에 탄 사실조차 잊은 채 멍하니 흘러가는 당신. 그런 당신에게 나는 봄바람 같은 초대장을 보낸다. 잠시 창밖을 보라고. 여기, 자기만의 정원을 가꾸고 있는 우리가 보이지 않느냐고. 이리 와서 삽질에 동참해볼 생각은 없느냐고.

만약 당신이 초대를 거부한다면 나는 다른 버전으로 당신의 옆구리를 간질이려 한다. 우리의 삽질을 보고 '놀고 있다'며 조소하진 말라고. 우리는 당신이 생각하는 '그런' 사람들이 아니라고. 그러니 혹시라도 눈이 마주치거들랑 레이저 빔만은 쏘지 말아달라고. 나는 또 한 번의 삽질을 시도한다. 한쪽 눈을 찡긋거리며, 싱글거리며, 삽질! 🌿

강위 오늘의 나를 기꺼이 기록한다. 쓰는 순간의 고통과 희열, 소통과 성장, 강처럼 흐르는 위로.

섹스, 그건
마치 춤과 같다

:: **열아홉번째** 이야기

그건 마치 춤과 같다

이름 붙이기 모호한 감정과 기운의 작용이다. 몸과 몸이 체액과 공기가 벌어진 입술 사이로 혀와 잇몸이 팔뚝과 팔뚝이 허벅지와 허벅지가 발가락과 발가락이 맞부딪친다. 떨림이다. 정수리부터 발바닥까지 당신을 향해 달려가는 행위다. 단 하나의 목표에만 전념하여 온몸을 내던지는 행위다. 몰입이다. 어리석음이다. 달려가 안기고 부비면서 서로의 존재를, 당신 가장 가까이 거기 있음을 어루만지는 행위다. 일치하고 합일되기를 간구하나 종내는 그리 될 수 없음을 어떤 체위를 취해도 그저 표면에만 머무를 수밖에 없다는 사실을 확인하는 절망이다. 이리도 사랑하는데 어찌하여 서로 섞이고 섞이어 하나 될 수 없나, 본질에 대한 가장 아름답고 아찔한 의문이다. 그렇게 사랑해도 언젠가는 끝나게 마련이라는 당연한 사실을 곱씹게 하는 고통스러운 허무다.

시작,
그것은 무엇에서 시작되는가

세상이 무너지기라도 하는 줄 알았다. 그리 고분고분한 아이도 아니었으면서, 부모라는 세상이 제 깜냥껏 그어놓았을 뿐인 그 금을 넘어서면 큰일 나는 줄 알았다. 그래봤자 결혼하기 전에 남자랑 섹스하면 안 된다, 집에 일찍일찍 들어가야 한다, 밖에서 밤새지 마라, 술 많이 먹지 말고 담배는 절대 피면 안 된다… 이런 시시껄렁한 규범들이었다. 하다못해 운동권과는 말도 섞으면 안 된다, 는 조언도 있었다. 그땐 그렇게 시시껄렁한 줄 알았나. 그저 그 규범들을 잘 지키는 게 좋은 거라고 생각했다. 그런데 그게 마음대로 잘 안 됐다.

운동권과 말을 섞는 정도가 아니라 노상 붙어다니는 신세가 됐고 술 먹다 보니 자연스레 담배 맛을 알게 됐고 연애를 하다 보니 섹스도 하게 됐다. 남자랑 섹스해도 하늘이 무너지지 않아서 여자와도 잤는데 세상은 코웃음 한번 치지 않았다. 자잘하게 그어진 금들이 시시껄렁해지는 일은 어느 찰나, 혹은 여러 시일에 걸쳐 진행되었다.

섹스, 여자와

"좀 눕고 싶어."

그 한마디가 무슨 의미인지 알아듣는 데 한참이 걸렸다. 늦은 밤 어두운 모텔 골목을 오가던 내 표정은 어땠을지 생각해본 적 없다. 어찌하여 그렇게 되어버렸는지도. 설명할 수 없는 일을 설명하기 위해 애쓰기에 나는 좀 어수룩하고 혼란스러웠다. 한두 방울씩 떨어지던 비가 아예 본격적으로 쏟기 시작했다. 모텔 방 작은 창 너머로 푸르스름하게 동이 터오던 그 새벽의 정적과 고독과 그 안에서도 땅에서 한 뼘쯤 발을 떼고 있는 것 같은 혼돈은 미처 잊히지 않은 꿈같다.

여자와의 섹스가 남자와 하는 섹스와 크게 다르거나 했던 것은 아니다. 상대가 여자이기 때문에 훨씬 좋다고만도 할 수 없다. 사람 나름일 것이고 내 경우는 몸에 대한 이해가 한결 수월했던 듯하다. 이를테면 말도 하지 않았는데 월경이 가까워져 딱딱해진 가슴을 부드럽게 애무해주거나 할 때는 솔직히, (당연한 배려임에도) 감동할 수밖에 없다. 내 몸의 상태와 반응에 대해 좀더 예민하게 알아차린다는 느낌을 받기도 했다. 어떤 순간 내가 "일반적"으로 금기시되는 행위를 하고 있다는 것에 자극을 느끼는 때도 있었다. 그리고 그게 전부다.

여자들의 섹스는 굉장히 다를 것이라는 환상만큼이나 도대체 여자들끼리 어떻게 섹스를 하냐는 우둔함도 딱하기는 매한가지다. 남성의 성기가 여성의 성기 속으로 들어가는 것만이 섹스라고 (여전히) 알고 있는 (멍청한) 분들에게는 안 된 일이지만 페니스가 없어도 섹스는 얼마든지 가능하다.

나를 포함한 어떤 레즈비언들은 딜도를 사용하는데 이걸 들어 레즈비언도 결국 남성을 원하거나 내지는 남성이 필요하다는 증거라고 우기는 이들도 있다. 글쎄다, 내게 딜도는 길쭉한 모양의 섹스 토이일 뿐 그 이상의 의미는 없다.

상상해본 적

여자와 섹스를 할 거라고 생각한 적이 한 번도 없다. 상상 속에서조차 그려본 일이 없다. 내가 남자와 섹스하게 될 거라고 생각한 적이 한 번도 없었던 것과는 또다른 의미로 그것은 내게 닫힌 영역이었다.

호모포비아가 있었던 것도 아니고 여자에게 호감을 가지거나 가슴 두근거렸던 기억이 없었던 것도 아니고, 그저 나는 내가 100퍼센트 순정한 헤테로인 줄로만 믿었던 것 같다. 그 믿음이 예상치 못하게 그리고 어이없을 정도로 쉽게 사라졌을 때는 좀 앓았던 것도 같다. 레즈비언이 '됐다(?)'는 사실이 참을 수 없이 고통스러웠거나 뭔가 비참하고 슬펐던 것은 아니다. 내가 모르고 있던 삶의 어떤 부위를 마주한 것과 비슷한 기분이었다. 나도 나를 다 모르는구나, 다 알지는 못해도 꽤 안다고 생각했는데 나는 늘 이렇게 나에 대해 뒤늦게 배우고 깨달아가고 그러겠구나, 살아가는 일이란 이런 것이겠구나, 하는 비감이랄지 서글픔이랄지 하는 감정들이 있었다. 그건 애초에 옳고 그르고 좋고 싫고의 문제는 아니었다.

　다만 '일반적'인 섹스의 틀에서 아예 벗어나 있는 나는, 금지된 모든 것이 가능하고 가능한 모든 것을 시도한다. 그리고 그건 '일반' 섹스에서도 마음만 먹는다면 가능한 일이다. 누군가 깊이 그어둔 선, 그 선 밖으로 살짝만 내디뎌보면 누구와 섹스를 하든 가능한 일이다.

다시,
그것은 무엇에서 시작되는가
선 밖으로 나가는 일, 말이다

경험상 가장 좋은 방법은 물음이었다. 당연하다고 여겼던 모든 명제들에 마침표 대신 물음표를 두는 것이다. 여자는 그저 조신하게 있다가 결혼하면 된다? 결혼하기 전에는 섹스하면 안 된다? 여자/남자는 반드시 남자/여자를 만나 결혼하고 섹스해야 한다? 질문은 끝이 없다. 당신의 세계관만큼의 물음이 생겨난다. 세상에 당연한 것은 하나도 없다. 그것으로 당신의 월경은 시작된다.

　그러니까 그건 마치 춤과 같다. 딴따다단, 박자에 맞추어 서로의 호흡을 가다듬었을 때 비로소 춤이 시작되듯 어느 순간 신호가 온다. 못 마시는 술을 마셔 감정을 애써 예민하게 부풀도록 하기도 했다. 길게 피워대던 담배이기도, 나직하게 깔리던 음악이기도, 무심결에 와닿던 손길이기도 했다. 모른 척하기 힘들 정도로 쿵쾅대던 심장 소리일 때도 있었다. 때론 그저 침묵이면 충분한 순간도. 모든 월경의 시작도 비슷하다. ❧

소란   느릿느릿 춤추는, 이반 직장 녀성. 영혼과 몸의 속도를 맞추며 걸어야 한다는 걸 느릿느릿 배웠다. 산책하듯 평온하게 살고 있다.

남편이 아니라
카메라가 필요해

::스무번째 이야기

궤도에서 한 발짝만 벗어나면 남들이 강요하는, 보기에만 그럴듯
한 행복의 길을 걷지 않아도 된다. 그걸 웅변하듯 딸과 함께 살다
지금은 혼자서도 '잘 살고 있는' 이 여자, 경순 감독을 만났다.
그녀를 모른다면 독립영화집단 빨간 눈사람 누리집 www.redsnow-
man.com을 찾을 것. 가장 좋은 방법은 영화 〈쇼킹패밀리〉를 보는
것이다. 자신을 포함한 세 여자의 밝지 않은 가족사를 유쾌하게
그린 영화를 보고 나면, 노랑 머리의 이 여자가 친근하게 느껴질
것이다(그녀의 가족과 영화에 관한 이야기 보따리가 차고 넘쳐서 엑기
스만 전한다).

이혼해도 괜찮은 그녀들

Scene #1. 이혼 파티

서로의 이혼을 축하해주는 여자들이 있다. 사진작가 경은은 이혼 파티를 치른 후 자칭 타칭 '이혼 플래너'가 되었다. 오랜 기간 따로 살던 남편과의 이혼이었지만 이를 축하하고 위로하는 여자들에게서 엄청난 지지의 힘을 얻었기 때문이다. 간밤, 다른 지인의 이혼파티를 치르고 광란(?)의 밤을 보낸 여자들은 여전히 들떠 있었다.

"이혼 서류가 종이 한 장에 불과하지만, 그것이 주는 해방감이 장난 아니거든요. 너무 신난 거지. 파티에 드레스 코드도 있어요. 같이 날 잡아서 음식도 만들어 먹고 술도 마시면서 새 출발을 기념하는 거죠."

Scene #2. 독백, 자유가 소중한 이유

영화 속 난 혼자 산다. 2년 전에 아들과 남편을 두고 집을 나왔다. 비록 반지하이지만, 나만의 공간이 있어 참 좋다. 제일 좋은 건 늦잠을 잘 수 있고 먹고 싶을 때 밥을 먹을 수 있다는 것, 그리고 사진.

2009년 현재 날 그토록 옥죄던 시댁과 남편으로부터 완전히 자유로운 지금, 내게 여전한 것들도 있다. 사진과 함께 일하는 여자들. 웃으며 이혼을 말할 여유도 생겼다. _스틸 작가 경은 영화 속 친구들이 가족 문제를 이야기하면 난 가끔 단호하다. 이혼해! 그리고 종종 가르치려든다. 싱글로 사는 게 즐겁다고 거짓말까지… 잠에서 깨면 내 옆엔 어느새 다 자란 딸이 있다.

2009년 현재 딸에게서 독립한 지금, 온전히 다시 혼자다. 굳이 한 사람과의 친밀한 관계에 얽매이고 싶지 않다. 나는 영화와 평생 연애하며 살련다. _영화감독 경순

잠깐, 〈쇼킹패밀리Shocking Family〉는?

〈민들레〉(1999), 〈애국자게임〉(2001) 등 신랄한 독립다큐멘터리를 만들어온 경순 감독의 2006년 작. 2007년 전주국제영화제 관객평론가상 수상, 2008년 개봉.

쇼킹패밀리란 결혼, 교육 등에 열을 올리는 자본주의의 포로로 '정상가족'의 이상에 동의하며 살아가는 이들을 일컫는 말이다. 가족이란 이름에는 개인을 망각하고 침해하며 사회가 해야 할 일을 전통과 역사 운운하며 개인에 떠넘기려는 음모가 숨어 있다.

작품은 싱글맘으로 살아가고 있는 감독 자신부터 영화 스태프, 그리고 해외 입양아 빈센트의 이야기에 이르기까지 허울 좋은 가족과 가족주의의 속내를 다양한 층위에서 파헤치고 있다. 감독은 "가족 안에서 훼손되어가는 나를 고민하며 존재의 의미를 찾아가는 20대, 30대, 40대 세 여성의 시선을 기록한 성장영화"라고 한다.

이 두 장면은 〈쇼킹패밀리〉의 출연진이자 스태프였던 '돌싱' 두 사람의 실제상황. 그들은 종종 영화와 다큐, 삶을 구분하는 것이 어렵다. 원래 인생은 극적이고, 다큐멘터리는 진실의 경계에 있지만 조금은 영화스러운 작업이니까. 그래서 가족의 틀을 깨부수고 자유롭게 날아가라 선동하는 이 여자들의 이야기는 매혹적이다.

관습 따위와 먼 모녀 사이

진짜 인터뷰는 지금부터. 경순 감독은 편부모 가정에서 아이가 결핍감을 느끼는 것은 다 '남들 탓'이거나 편견일 뿐이라고 했다. 굳이 연관시키지 않아도 되는 것들을 단순히 아빠 혹은 엄마가 없는 가정의 문제로 치부해서는 안 된다는 것. 물론 필리핀에 있는 그녀의 딸 '수림'에게도 주눅 드는 시기가 있었다.

"사실 취학 전에는 다른 집과 비교할 기회가 적으니까 아이가 잘 몰라요. 그러다 초등학교 들어가서 3~4학년까지가 예민해지는 시기인 것 같아요. 왜 우리 집에는 아빠가 없을까 그런 것들. 주변에서 많이 도와줬죠. 애 봐주던 삼촌이나 이모들이 '넌 뭐 그런 걸 갖고 그러냐'고 하지, 자기도 5학년쯤 되니 스스로 생존 본능이 생겨났는지 '우리집이 더 편하다'고 큰소리 쳤어요. 예쁘게 입히거나 매번 밥을 챙겨주거나 하지는 못했지만 다른 엄마보다 잔소리도 적고, 얼마나

친구들이 가족 문제를 이야기하면 난 가끔 단호하다. 이 혼 해 !

편해요."

아이 아빠는 지금껏 경제적 지원이나 보살핌에 무심했다. '친구'니 뭐니 하는 관계는 아예 기대도 않았다. 지하철 노조활동에 청춘을 바친 시절 현장문학을 하던 전남편과 결혼할 때만 해도 사람을 바꿀 수 있을 것이란 믿음이 있었다. 그러나 '진보 가부장'의 전형이던 남편과의 결혼생활이 순탄할 리 없었다. 아이가 들어선 것을 알았지만 혼자 힘으로 키워나가리라 모진 마음을 먹었다. 엄청나게 피를 흘리며 낳은 아이기에 더 포기할 수 없었다.

"아이 낳는 것 자체에 대한 로망도 있고 임신과 출산은 여성의 권리라고 생각하거든요. 능력만 되면 딸 셋을 낳아 방목한다는 포부였는데 얘 하나 낳고 좌절됐어요. 워낙 난산이어서 다음 아이를 낳기 힘들다니 하나로 종친 거지(웃음). 이혼 후 가진 거라곤 딸 하나뿐이었지만 그래도 좋았어요. 아이 키우는 것보다 매번 남들의 시선과 싸우는 게 더 힘들었어요. 아니 저출산 걱정하고 애 낳으라고 강요하면서 왜 잘 키우게끔 제도로 뒷받침하지 않는 건지 모르겠어요. 친구 하나도 십 년이나 동거하다가 아이 낳으려고 결혼했다니깐."

아이를 키우는 기본적인 원칙은 '솔직함'과 '방임'이었다. 아이 앞에서 담배도 피우고 무엇이라도 숨기거나 아이의 의사를 제한하지 않으려고 애썼다. 제멋대로 자란 딸이 벌써 17살, 영화 속

의 반항심 어린 사춘기 소녀가 이제 제법 어른 티가 난다. 요즘
은 그녀가 '원하는 파트너와 첫경험을 하라'는 말도 서슴없이 한
다. 아이가 스스로 자기 길을 결정하도록 한 탓에, 아직도 엄마
품에서 벗어나지 못한 또래 친구들보다 확연히 조숙한 숙녀가 되
었다. 영화하느라 신경 안 쓰고 영화 안 할 때는 돈 버느라 바쁘
던 엄마가 이제는 멀리 떨어져 있으니 외로울 법도 한데.

"필리핀에서도 공부를 못하기 때문에 대학엔 안 가겠대요(웃음).
엄마가 자기 인생에 개입하지 않으니까, 자기가 알아서 고민을 하더
라고요. 미용사가 되고 싶다는데, 코디네이터에도 관심이 많아요. 돈
모아서 호주에서 미용 기술을 배우고 싶대요. 공부야 나중에 해도 되
니까 당당하게 잘 살도록 도와야죠."

영화는 나의 힘, 운동, 애인

경순 감독은 지금껏 아이 키우고 영화 제작비 버느라 안 해본 일
이 없단다. 전세 보증금 빼서 수림이랑 여행하고, 영화 찍는 동안
생활비 하느라 보증금 없이 월세 십수만 원짜리 방에서 살고 있
다. 그러나 결코 가난하다고 생각하지 않는다. 싱글 맘에게 필요
한 경제력 따윈 그저 남 얘기일 뿐. 그 기준이란 것이 터무니없이
뻥튀기된 것 아니냐며 '자본주의의 음모'에 불만을 제기한다.

"왜 집 사고 애 키우는 데 그 많은 돈을 쏟아 붓는지 모르겠어요. 큰 아파트 산다고 행복한가, 애초부터 그런 데 별로 관심이 없었어요. 결 핍의 기준이 다르면 남들의 시선에 큰 스트레스 안 받을 수 있어요. 신문을 돌리더라도 원하는 일 하는 게 나은걸. 돈보다 재밌는 게 얼마나 많은데요. 물론 돈 없어서 불편하지만 그것보다 얻는 게 더 많으니까, 영화한다고 이제껏 난리지. 돈 떨어지면 틈틈이 교육 영상이나 방송물 만들면서 버티는 거죠."

그녀에게 영화는 운동이자 재미나는 일, 그리고 궁합이 잘 맞는 애인과 다름없다. "대의가 해결해내지 못하는 많은 것들에 대한 불편함 때문에" 영화를 시작했지만 영화가 갖고 있는 힘에 점점 매료됐다. 지금껏 해온 작업을 통해 사회에 대한 상을 그려나가게 되고 거창한 운동이 아닌 실제 삶의 차원에서 바라보게 되었다. 그리고 가족에 대한 고민을 풀어낸 〈쇼킹패밀리〉로 동시대 여성의 삶을 더 세심히 들여다보고 고민하게 된 반환점을 지나왔다. 영화와 연애하느라 사람은 뒷전이지만.

"결혼관계의 질퍽함에 질려서인지 연애관계의 유사함도 별로예요. 친구가 '상대는 몸보다 마음이 통해야 한다'기에 그럼 '난 머리 아래를 가질게'라고 했다니깐(웃음). 각자 독립성을 지키면서 원할 때 만날 수 있는 친구 같은 사이가 좋죠. 그런 사람을 만나기 힘들면 그냥 외로워야지 어떡해요. 결혼만 안 했을 뿐 서로를 통제하고 허락받아야 하는 관계는 맘에 안 드는걸."

경순 감독은 비혼의 삶에서 필요한 것으로 지지해주는 사람들과 느슨한 공동체를 꼽았다. 딸 수림이를 키우는 것에서부터 경제적인 도움까지 필요할 때마다 늘 도움의 손길이 있었다. 그건 그녀가 사람의 힘을 믿기 때문이 아닐까. 때로 외롭고 힘든 비혼의 삶이지만 그래도 든든한 구석은 있다. 애인이 없으면 너무 외롭지 않을까 싶지만 그녀에겐 수림이 있고, 영화도 있고, 전화 한 통에 달려올 친구도 있으니 더 바랄 게 있을까 싶다.

여성 스태프들로 이뤄진 팀은 든든한 버팀목이다. 다음 작품은 여성의 노동과 빈곤의 문제를 그린 〈레드마리아〉. 필리핀과 일본 로케까지 다녀온 '대작'이라서 제작비가 만만치 않지만 근근하게나마 꾸려가고 있다고. 여자로서 더 잘 그려낼 여자들의 이야기를 기대해도 좋겠다. 🌿

_인터뷰 · 글 위성은

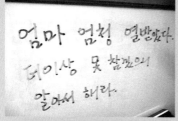

궤도에서 한 발짝만 벗어나면

남들이 강요하는, 보기에만 그럴듯한

행복의 길을 걷지 않아도 된다.

〈쇼킹패밀리〉는 그런 삶들을 보여준다.

제3부

뻔한 질문 따윈
두렵지 않아

병이라도 걸리면
어떻게 할래?

::**스물한번째** 이야기

병이라도 걸리면 어떻게 할래? 어디서 많~이 들어본 말이다. 아니, 내가 비혼한다는데, 왜 걱정은 네가 하니? 하지만 걱정해주는 사람에게도 걱정해주는 사람 나름의 고충과 애정이 있을 터, 그들의 걱정을 덜어주기 위해서라도 (그래서 내가 받는 스트레스를 좀 줄이기 위해서라도) 깔쌈한 대답들을 제시할 필요가 있겠다. 대답을 잘하려면 질문을 잘 분석해야 하는 법, 병이라도 걸리면 어떻게 할래? 이 질문의 문제점을 분석해보면,

첫째, 질문이 등장하는 맥락이 문제다. 600명 정도의 비혼 여성에게 물어본 것은 아니지만, 이 질문은 주로 "외로우면 어떻게 할래?"에 뒤이어 등장하곤 한다. 특히 질문만 던지고 대답을 들으려는 의도는 전혀 없었던 질문자가 뜻하지 아니하게도, "외로

우면 친구들과 함께 살면 되는데"라든가 "괜찮아 외로운 거 좋아하니까"라든가 "외로워도 어쩔 수 없는 거지"라든가 "결혼한다고 해서 덜 외로운 것도 아니야" 등등등 기대치 않았던 대답을 듣게 되었을 때 나오곤 한다. 진심으로 이 '비혼 여성'을 걱정하는 질문자는, 왠지 질문 하나로만 멈추면 안 될 것 같은 마음에, 오늘의 주제인 이 질문 "병이라도 걸리면 어떻게 할래?"까지 한 세트로 말하곤 한다. 이 질문을 던짐으로써 최종적으로 비혼 여성이 '할 말 없어지기'를 기대한다. 질문에 아주 매끄럽게 대답하면 더 안 좋아하는 것처럼 보이기도 한다.

둘째, 이 질문은 비혼 여성이 병에 더 잘 걸린다는 암시를 보내고 있다. 그런데 사실을 말해주랴? 남자는 비혼으로 사는 게 결혼하는 것보다 수명이 짧다지만, 여자는 비혼으로 살 때 수명이 더 길단다. 유방암이니 자궁내막암이니, 결혼하지 않는 여성에게 잘 걸린다는 온갖 질병들도, 진짜로는 결혼이 아니라 임신과 출산 여부와 관계있을 뿐이고! 프랑스에선 살해당한 여성의 절반 이상이 남편(애인)이나 전남편 손에 죽었으며, 한국의 여성 HIV 감염인의 상당수는 남편으로부터 전염된 것이라고 하니, 과연 '비혼'이 '결혼'에 비해 병에 더 잘 걸린다거나, 덜 건강할 거라고 말할 수 있는지 의심스럽겠다.

셋째, 이 질문을 '비혼하겠다'는 사람에게 던지는 건, 마치 '비혼'만이 이 질문에 해당된다는 느낌을 준다. 결혼한다고 딱히 병에서 자유로워지는 것도 아닌데, 왜 굳이 비혼하겠다는 사람에게

이 질문을 던지는 걸까. 만약 이 질문이 간병, 돌봄에 대한 애기였다고 하더라도, 결혼했다고 해서 병에 걸렸을 때 충분히 필요한 돌봄 노동을 제공받기 쉽다고 단정할 수 있는 것도 아니잖아. 그러면 대체 그 수많은 독거 노인분들, 아무도 돌봐주지 않는 할머니, 할아버지들은 도대체 어디서 난 거지? 그들 대부분은 결혼했고, 자식도 낳았으며, 그 자식들이 생존해 있기까지 한데! 사실 가족이 있어야만 돌봄받을 수 있다고 생각하는 사람들은 여자들이 아니다. 여자들은 주로 가족이 있으면 '돌봐야 한다'고 생각한다고! 인간 누구나 겪을 수 있는 돌봄의 문제를 왜 유독 비혼만이 겪게 될 문제인 것마냥 물어보느냐는 것이지.

그러나 질문자가 혹 대답을 원하고 있다면, 그래서 애당초 질문이 "병이라도 걸리면 어떻게 할래애?"라고 끝을 올려 정말로 답을 원하는 질문의 형식으로 제기되었다면, 네 일이 아니니까 신경 끄셔라고 답하기 싫다. 혹시 비혼 선택 여부를 놓고 갈팡질팡하는 사람일 수도 있잖아. '비혼이란 거, 별 대안 없잖아'라는 인상은 주고 싶지 않으니, 비혼 여성인 나의 입장에선 한 명이라도 비혼 여성을 늘려 '비혼의 세력화'를 도모하고 싶으니, 준비된 대답이 없을 거라고 생각된 질문에도 대답을 하자. 대답을 기대하지 않은 질문에 대답을 하는 것은, 그것도 아주 구체적이고 선명하고 잘 준비된 대답을 하는 것은 중요하다. 그러면 다음 질문도, 또 그다음 질문도 손쉽게 넘길 수 있다. 그리고 대답을 함으로써 오히려 내가 더 준비되기도 한다.

그래서 나의 대답은 이렇다. 그 질문은 나의 인생 계획을 세우기 위해 던지는 질문이고, 구체적으로 고민하기 위해 딛는 첫걸음이다. 그리고 나는 얼추 대답들을 찾아가는 중이다. 사실 비혼으로서 나의 미래에 대한 부정할 수 없는 두려움이 있다.

내 주위의 비혼 여성들은 나를 보며 '넌 좀 다르겠지'라고 기대한다. 왜냐하면 '너는 의사니까!' 맞다. 나는 의사다. 비혼 여성이기도 하다. 그/래/서 나는 (의사임에도 불구하고) 다른 비혼 여성들이 가지고 있는 두려움을 공유하고 있다(고 믿는다). 매일 병원에서 보호자가 없어 불쌍하다고 여겨지는 환자들을 만나게 되니, 그들의 모습에 나를 투영하며 두려움은 더욱 커지기까지 한다.

난 즐겁고 기꺼이 비혼을 선택했는데, 솔직히 어떨 때는 비혼으로서의 삶이 좀 두렵다. 병에 걸렸는데도 나에게 정성 어린 간병을 해줄 사람이 없을까봐 두렵고, 내 할머니처럼 치매에 걸려 나 자신을 잃어버리게 될 때에 나 같은 손녀가 곁에 없을까봐 두렵다. 죽음을 목전에 둔 나를, 조카들이 '심폐소생술이건 인공호흡기건 최선을 다해서 치료해주세요'라고 애절하게 말하며 중환자실에 들여보내지 않을까, 생전의 내 의사와는 상관없이 내가 죽는 방식이 결정될까봐 두렵다.

하지만, 나는 꽤 낙관적인 성격인 데다 즐거운 비혼 여성들이 점점 많아지고 있다는 호조건에, 나도 그녀들 중 한 명으로서 이 문제를 극복하기 위한 방책을 함께 만들어갈 수 있다는 자신감까지 있으니, 두려움에도 불구하고 상상은 '여성주의 의료생협'을 타고 자꾸 자라만 가고 있다지.

나는 친구들과 함께 '나의 보호자가 될 수 있는 공동체', 여성주의 의료생활협동조합을 준비하고 있다. 그것은 여성들이 출자하여 만들고 운영하고 이용하는 여성주의 생활공동체 겸 의원이다. 병에 걸리지 않기 위해 미리미리 조기 검진을 잘 받는 것도, 병에 걸리면 정성어린(=비싼) 간병인도 고용할 수 있게 무슨무슨 암보험도 가입해놓고 현금도 많이 모아놓는 것도 해결책이 될 수야 있겠지만, 나는 이상하게도 별로 돈 없는 의사로서 이 해결책을 선택할 방법도, 꼭 그래야 할 이유도, 별스러운 재미도 못 찾겠다. 무엇보다 병에 걸리기 전에 예방하는 것이 훨씬 경제적이고 바람직한 해결책이라는 건 부정할 수 없으니까.

의료생협의 기본 취지는 '건강할 때 건강을 지키자'이다. 그것도 혼자 지키는 것이 아니라 함께 지키자는 것이고, 내 건강만이 아니라 다른 사람, 지역사회의 건강까지 지키자는 것이다. 좁은 의미의 건강만이 아니라 육체적/정신적/사회적/정치적 건강까지 지키자는 것이니, 좀더 오래 건강하게 여성운동을 하기 위해 꼭 만들어야겠다.

그러다 병이라도 걸리게 된다면, 나는 여성들의 품앗이 간병 노동을 떠올릴 터이다. 얼마 전 친한 언니가 유방암 수술을 위해 입원한 적이 있어, 나를 비롯한 언니의 친구들은 (굳이 언니를 간

병하시겠다며 힘든 몸을 끌고 오신 언니의 어머니를 돌려보내드린 후)
수술을 전후로 병실을 지켰다. 돌아가면서 하룻밤씩 병원에서 자
고, 문병객들을 접대하고, 언니를 위안해주는 돌봄 서비스를 제
공했다. 그때 밤늦은 병실에서 언니와 도란도란 이야기한 것이
'품앗이 간병'이었다. 비혼 여성들이 공동체를 꾸려 나이
들어서까지 잘 살 수 있으려면, 아플 때 서로서로 돌봐
주는 계를 하면 좋겠다는 것이고, 그게 의료생협의 사
업이 될 수 있겠다는 생각이 들었다. 그리고 병이라도 걸
려 품앗이 간병 돌봄 노동을 받으려면, 건강할 때 다른 여성들에
게 좀더 많이 간병 노동을 제공해야겠다는 결심도 했다.

그리고 더 나이가 들면 치매 맞이 학교 수업을 들어야지. 나를
포함한 많은 비혼 여성들에게 가장 두려운 질환은 암이 아니라
치매이다. 정상적인 가족으로부터 당당하고 험난하게 독립을 선
언한 우리, 비혼 여성들에게 가장 두려운 질병이 치매였다는 사
실…. 나는 의료생협에서 치매 맞이 학교를 만드는 상상을 한다.
인지능력이 서서히 떨어져 가는 시기에 그 속도를 감소시켜줄 수
있는 교재와 여성 노인을 위한 동화책이 있으면 좋겠다. 그리고
그녀(나)의 생애사를 다양한 방식으로 구술해 놓는 작업도 하고
싶다. 살아온 시기별로, 그림/노래/사진 등 다양한 방식으로 생
애를 구술하여, 그녀(내)가 자신의 삶과 자신이 누구인지를 잊어
가는 치매의 과정에서 계속 그 자료를 이용하여 자신을 잃는 속
도를 늦추고 싶다.

마지막으로 죽음을 맞이할 때도, 나 스스로 내린 죽음에 대한 의사를 최대한 전달하고 싶다. 만일 뇌사자, 혹은 의식이 희미해진 중환자가 된다면, '법적인 가족'과 '실제 가족'이 다를 가능성이 높은 비혼 여성은 난감해진다. 생전에 별 왕래 없던 오촌 조카라도 나타날 때까지 병원이 모든 결정을 보류할지도 모른다. 아직 사전지시제가 정착되어 있지 않기 때문이다.

　사전지시제는 자신의 신체 및 죽음의 방식에 대한 일종의 유언인 셈인데, '나는 어떻게 죽음을 맞이하였으면 좋겠다'고 적어 변호사의 공증을 받는 것이다. 하지만 우리나라는 그걸 인정하지 않으니, 죽음에 대한 환자의 모든 의사 결정권은 '법적인 가족'이 대리한다. 난 여성주의 의료생협을 통해 '죽음 카드'를 발급받을 생각이다. 조합원과 함께 모여 죽음에 대해 충분히 공부하고 논의하고 명상하면서, 죽음에 대한 계획을 구체적으로 세우는 것. 심폐소생술을 받을 건지, 인공호흡기를 달 건지, 죽은 이후에 시신을 기증할 건지, 뇌사 시 장기를 기증할 건지 등이 상세히 적힌, 지갑에 휴대할 수 있는 카드를 의료생협에서 공증받아 발급하면, 내가 어떤 모습으로 발견되더라도 내 의지가 카드를 통해 전달될 수 있지 않을까.

　병이라도 걸리면 어떻게 할래? 이 문제를 놓고, '비혼'이 더 건강하냐 '결혼'이 더 건강하냐 논쟁할 생각은 없다. 사실 그건 나도 모르는 바고, (단순히 수명만 가지고 '건강'을 비교할 순 없잖아?) 각자의 건강한 삶의 방식이라는 게 있으니까. 중요한 건 결혼하든, 안 하든 그건 내 자유고 선택이라는 점인데, 왜 유독 비혼에게만은 '너는 돌봄받지 못할 거야… 왜냐하면 너는 가족이 없을 테니까!' 라는 원죄에 가까운 혐의를 씌우느냐는 것!

결혼하지 않고 산다는 것이 꼭 '혼자서' 산다는 것은 아니다. 그리고 만약 혼자 산다고 해도 자신의 삶에 대해 꼭 '혼자서' 책임을 져야 할 이유는 없다. 나는 그저 비혼으로 사는 게 그렇게 어려운 선택은 아니도록 만들고 싶은 거다. 막연한 두려움에 직면하여 그렇게 막 모질게 입술 깨물어야지만 비혼으로 살 수 있는 게 아니었으면 좋겠다. 정말이지 우리는 비혼 여성들의 공동체를 구체적으로 고민할 만큼 많이 성장하였고, 조화롭게 함께 사는 방법들을 만들어내기 시작했다. 건강하게 사는 방법 말이지! 🌿

무영 　여성주의 의료생협 준비 모임을 꾸리고 있는 가정의학과 전공의. 여성주의 의료생협 준비 모임에 대해 더 알고 싶다면? cafe.daum.net/femihealth

혼자 사는데
도둑이라도 들면
어떡해?

:: **스물두번째** 이야기

그들의 걱정이 의심스러웠다.

"세상이 이렇게 위험한데, (집도 서울인) 넌 꼭 나와야겠니?"

혼자 사는 여자 집에 강도가 들었다는 신문기사를 알려주며 남자 선배들은 나에게 이렇게 물었다. 당시 나는 부모님 집으로부터 나와 독립을 준비한다고 얘기하고 다니던 때였기 때문에, 선배들의 이런 걱정은 사실 결혼 안 하고 혼자 살겠다고 하는 나에 대한 은근한 비난이었다. 사실 평소에 말하고 싶었지만 드센 여자 후배에게 차마 하지 못했던 혼자 사는 여자에 대한 편견을 마구 쏟아놓을 수 있는 좋은 기회가 되었으니까.

그런 걱정들에는 이런 친절한 조언도 세트로 딸려온다.

"걱정해서 하는 말인데, 여자 혼자 사는 게 알려지면 위험해져. 집에 남자들이 들락거리는 것도 보여주고, 빨랫대에 남자 속옷도 걸어두고 하는 게 좋을 거야. 도둑이 남자 없이 혼자 사는 여자들을 얼마나 쉽게 보는지 너 알아?"

남자 선배들은 스스로를 '위험한 남자들로부터 널 지킬 수 있는 오빠'로 믿었다. 독립을 준비하는 여자 후배에게 믿음직한 오빠가 되어 가오를 잡기 위해 필요한 건, 혼자 사는 여자를 쉽게 보는 다른 나쁜 남자(도둑)의 존재다. 그야말로 '오빠'와 '도둑'의 공생관계다. 이 공생관계를 유지하기 위해 필요한 건 다름 아닌, '혼자 사는 여자는 집에 침입해도 여자는 속수무책으로 당할 것'이라는 오빠와 도둑이 갖는 공통된 믿음이다. 혼자 살기 때문에 침입자에게 무기력할 거라는 그 믿음은 사실 '보호자 정체성'을 갖는 남성들의 (대놓고) 은밀한 동맹을 통해 유지된다. 여자친구의 '든든한 남자친구'로 자신을 바로 서게 해주는 존재가 바로 '도둑'이라니, 참 아이러니하다.

도둑도, 오빠도 변화시킬 수 없다면, 나를 변화시키자!
자다가 이상한 느낌이 들어 문득 잠이 깼는데, 바로 자기 옆에 누위 있는 낯선 남자를 보고 벌떡 일어나 그 남자를 밟아대며 괴성을 질러 결국 침입자를 내쫓았던 내 친구의 무용담은 자기 자신을 변화시킨 성과물로 회자된다. 자기방어 훈련(235쪽 부록 둘 '자기방어 훈련 날자!' 참조)을 통해 공격, 피공격 상황을 연습하며 멋진 변화로 참여자들의 탄성을 자아냈던 내 친구는 위급 상황에서 자동적으로 반응하는 자기 몸의 변화를 놀라워했다. 혼자 사는 여자를 만만하게 보는 남자들을 바꿀 수 없다면, 그 남자들이 기대하는 '약한 몸과 마음'을 갖지 않겠다는 노력의 결과였다고 스스로 뿌듯해하던 친구의 환한 웃음을 잊을 수 없다.

집에 누군가가 침입했다는 것은 나의 배타적 공간을 침입당한 데 대한 충격과 공포를 불러오는 것이 사실이다. 하지만 반대로 나의 집이 침입자에게는 낯선 공간이고 나에게는 익숙한 공간이기 때문에 내가 싸움에서 최대한의 유리한 고지를 점할 수 있다는 잇점이 있다. 불이 꺼진 상황에서도 집 안의 구조, 가구 배치, 창문의 위치, 무기로 사용할 만한 물건의 위치와 그 물건들이 가진 충격의 정도를 내가 알 수 있기 때문이다. 이를 적극 활용한다면, 집 안의 요소요소에 무기로 사용할 만한 것들을 미리 배치하고 그 물건을 사용할 상황을 공간별로 시뮬레이션 해볼 수 있을 것이다. 내가 아는 언니도 마루와 방, 주방에 무기로 사용할 것들을 생각해두고, 위험 상황에서 그 무기를 사용하기 쉬운 위치에 배치해놓고 있었다. 겉으로 보기에는 무기가 아닌 장식품과 골프

내 방에 누군가가 침입했다는 것은
나의 배타적 공간을 침입당한데 대한 충격과 공포를
불러오는 것이 사실이다. 하지만 반대로 침입자에게
나의 집은 낯선 공간이라는 점을 기억하자.

채, 스텐레스 휴지통들이 지닌 무기로서의 용도를 들으며, 집 안에서 '싸울 만한 상황'을 머리에 그려볼 수 있었다.

혼자 사는 여자들, 특히 막 독립한 여자들의 경우 집세가 저렴한 곳에 살기 때문에 이런 안전의 문제를 고민하게 되는 것은 어찌 보면 당연하다. 그렇기 때문에 안전성을 높이기 위한 노력은 필수적이다. 내 주변의 여자들도 독립 경력이 오래될수록, 이사를 거듭할수록 안전을 위한 방법을 현실적으로 체득하고 있음을 알게 된다. 안전을 위해 이사 갈 집에서 꼭 확인해야 할 것, 주변 환경에서 체크할 것들을 자기 나름대로 알게 되고, 반려 동물과 함께 사는 것을 택하기도 한다. 또한 독립 초보였을 때보다 자신을 실질적으로 도울 수 있는 사람들의 네트워크도 더 많이 갖게 된다.

중요한 것은 이러한 노력을 '함께' 하는 것이다. 처음 혼자 살아보는 사람에게 집의 안전성을 높이기 위한 방법을 찾는 과정은 오랜 시간이 걸린다. 그러한 시행착오를 줄이기 위해 친구들끼리 보안 상태가 좋은 집이나 주변 환경에 대한 정보를 공유하고, 추천할 만한 부동산 중개업 종사자들에 대한 정보를 공유하는 것도 중요하다.

위험한 세상을 빙자해서 결혼을 강요하지 마라

도둑이 집을 침입할 것이라는 걱정은 사실 누구나 하는 것이다. 특히 반지하나 옥탑처럼 집세가 저렴할 경우 이러한 '안전'에 대한 우려는 더 커진다. 여럿이 함께 사는 것보다 혼자 사는 사람이 위험 상황에 대처할 때 더 많은 부담을 갖게 되는 것도 사실이다. 그렇기 때문에 어떻게 보면, 자기가 사는 공간의 안전을 확보하기 위해 여러 시도를 하는 것은 성별과 무관하게 필수적으로 필요한 일이다. 하지만 이런 안전 확보를 위한 노력을 하는 여자들을 보고 궁색해 보인다는 둥, 그래봤자 남자가 공격하면 별수 없다는 둥의 이야기를 유포하는 사람들은 사실 혼자 사는 여자들을 마음에 들어 하지 않는 남자들인 경우가 많다.

인간이라면 사실 외로움이나 공포 같은 원초적 감정을 갖게 마련이다. 그런 외로움은 누구나 짊어지고 살아가는 불치병 같은 것이 아닐까. 하지만 이 사회는 많은 여성에게 그 외로움이 자기를 지켜줄 남자를 확보하면서 사라질 거라는 메시지를 유포한다. 위험에 노출될 때 자신을 지켜줄 남자가 없다는 것, 즉 '결혼하지 않았다는 것'이 마치 그 외로움의 원인인 것처럼 말한다는 것이다. 뿐만 아니라 자기 주거 환경의 안전을 스스로 확보하기 위한 노력을 '혼자 사는 여자의 궁상'으로 치부해버린다. 하지만 그런 식의 메시지는 인간이라면 갖게 되는 실존적 외로움을 맞닥뜨릴 기회, 그 기회를 통해 자신의 삶을 재

구성할 기회를 차단해버린다. 그리고 '남자 없는 여자의 삶은 언제라도 낯선 남자에게 침입 가능한 것'으로 만들어버린다. 철저히 남자들끼리의 해석 틀 안에서 박제된 그런 삶이 '안전'이고 '사랑받는 것'이라고 여기는 것처럼 스스로의 존엄함을 배신하는 일이 또 있을까.

세상에는 늘 위험한 일들이 일어난다. 그리고 그 위험한 일이 언제, 어떻게 나에게 일어날지 예상하기는 어렵다. 하지만 바로 그 예상 불가능함이 내가 경험할 세상의 가능성을 넓히고 나를 현명하게 만들고 있다는 것은, 낯선 자유를 만끽할 준비가 되어가고 있음을 의미하는 건 아닐까? 오히려 필요한 것은 여성들에게 외로움을 치유할 수 있는 방법이 자신을 지켜줄 남성이고, 그 남성을 확보하는 것이 제도 결혼이라는 음모가 거짓말임을 폭로하는 것이다. 위험과 외로움은 '행복'의 반대말이 아니라, 곧 '자유로움과 세상을 전면적으로 살아가는 에너지'임을 더 많은 여성이 알게 하기 위해서 말이다. ✤

 키라   현재 한국성폭력상담소에서 활동하고 있습니다. 맥주 마시고 기타 치면서 노래하는 걸 좋아해요.

그래도
남자 하나는
있어야지?

영화에 대해 내가 가졌던 꿈 중에 하나는 여성 스태프로만 영화를 만들어보고 싶다는 것이었다. 그러한 작업 방식에 대한 그림을 그려보게 된 것은 두 가지 이유에서였다. 하나는 기존의 상업영화 작업과정에 겪은 남성 중심적인 소통 방식에 대한 저항감에서 출발한, 다른 소통 방식에 대한 갈구였고, 또다른 하나는 그렇게 작업해본 적이 없기 때문에 여자들끼리 모여서 영화를 찍는다면 재미있을 것 같다는 어떤 기대감이었다. 그리고 이것은 멀리 있는 꿈이 아니었다. 독립영화 〈고양이들〉을 통해서 나는 그 꿈을 생각보다 빨리 이룰 수 있었다.

남자, 있어봤자

상업영화 제작 현장에는 대략 50명 이상의 스태프가 일을 한다. 그리고 이들 중엔 남자가 여자보다 더 많다. 왜일까? 이런 질문을 던지면 으레 나오는 대답은 이런 것들이다. 첫째, 강도 높은 육체노동을 요구하는 일이므로 더 많은 근육량(?)을 가진 남자들이 유리하다. 둘째, 기술을 다루는 전문적인 업무들이 많고, 기계를 다루는 일에 남자들이 더 능숙하고 잘하기 때문이다. 셋째, 영화 산업 안에서 제작자나 피디, 감독 등 파워를 가진 사람들 중 남자가 더 많기 때문에 남자들끼리 서로 밀어주고 끌어준다.

영화판도 예외는 아니지만, 보통 남자들은 뽈록 튀어나온 근육을 자랑 삼아 기사도 정신을 발휘하면서 어렵고 힘든 일은 자신이 할 테니 여성들은 다른 쉬운 일을 하라고 말한다. 그렇게 여성들을 배려하고 위해주는 척 거드름을 피우지만, 오히려 자신들의 '근육량'을 유지할 수 있는 자신의 역할과 지위를 지키기 위해 포장하고 있는 것뿐이다. 그렇다고 기술을 가지고 기계를 (나르는 것도 아닌) '다루는' 일에 여자가 많은 것도 아니다. 내가 함께 일했던 남자들 중에는 본인 스스로도 배워가는 과정에 있으면서 끝까지 그것을 숨기려 들고 거기서 출발한 허세를 조미료로 첨가해 더 많은 경험에 참여할 수 있는 기회를 얻는, 기똥찬 쇼맨십을 보여주던 사람들이 있었다. 이치라는 게 물이 꽉 차 있으면 조용하고 물이 반만 차 있을 때 요란한 법이다. 이런 사람들의 공통점은 사람 참 피곤하게 해서 상대의 에너지를 쏙 빼가며 자신을 숨기려 한다는 거다. 이것이 남자들이 구사하는 허세 테크닉이다.

영화 산업을 놓고 봤을 때, 파워를 가진 사람들은 남자가 더 많다. 왜 영화 잡지에 '파워 50인' 같은 기사들이 실릴 때 볼 수 있지 않은가? 남자들은 자신들이 가지고 있는 권력과 기회를 여자에게 기꺼이 나누어줄 생각이 없다. 이것은 여성들에 대한 무시와 배제, 남자끼리의 공고한 관계 안에 전략으로 숨어 있다.

'오야'의 네트워크를 넘어서

장편 상업영화의 스태프는 상명하복의 구조 안에서 일을 한다. 상하관계의 형성 기준에는 세 가지가 있는데 포지션과 작품 경력, 나이 순이다. 그리고 이 기준들은 당연시되고 있고 영화 스태프의 조직 구조에서 위계질서는 매우 중요하게 지켜져야 하는 것이다. 이러한 영화판의 구조는 군대와 비슷하다. 군대에서 상명하복의 질서를 필요로 하는 이유와 마찬가지로 영화 작업에서 위계가 필요한 것은 각 파트의 리더들, 소위 영화판에서 말하는 '오야'의 명령을 따라 신속하게 움직여야 하는 일의 성격 때문일 수 있다. 하지만 그것은 일적인 것에만 머무르는 것이 아니라, 일의 능률과 상관없이 위계질서가 지켜지지 않을 경우 사람 간의 관계에 문제가 발생하기까지 한다. 이런 구조에서 함께 만들고 있는

남자 스태프가

한 명도 없다는 것은

문젯거리가 되지 않았다.

우리는

각자의 역할을 가진 조직이었지만

위계를

필요로 하지 않았다.

영화의 의미에 대해서 소통하고 공유하고, 더 좋은 영화를 만들기 위해 모두가 노력해야 한다는 말은 허공에 울리는 메아리다.

나는 남자도 아니고, 수려한 학벌도 없고, 든든한 백과 인맥도 없고, 남들이 널리 알아주는 뛰어난 재능도 하나 없는 경력 없는 말단 여자 스태프 중 하나였다. 상명하복의 위계질서 안에서 그저 그런 부속품의 하나로 일하며 존재했고, 그것은 자존감을 좀 먹는 일이었다. 소통이 아닌 명령의 방식, 다양성을 인정하는 것이 아닌 획일성을 강요하는 것, 평등을 전제하는 것이 아닌 억압을 당연시하는 것, 이 모든 방식이 나를 괴롭게 했다. 나는 노력했고 버텨냈으나 결국 받아들일 수는 없었다. 나에게 뭔가 문제가 있는 것일까? 나는 왜 그들의 방식을 받아들이지 못하는 것일까? 이런 고민으로 지칠 대로 지친 내가 여기서부터 벗어나는 데는 적지 않은 시간이 필요했다.

그러다가 친구의 영화 작업을 돕기 위해 북경에 갔을 때, 함께 일했던 북유럽에서 온 친구와 이야기를 나누게 되었다. 장편 상업 영화 작업을 하며 느꼈던 갑갑한 감정들을 서로 공감하면서 내가 경험한 것이 결코 한국만의 문제는 아님을 알게 되었고, 그 친구의 꿈 중 하나가 여성 스태프로만 영화를 만들어보고 싶은 것임을 알게 되었다. 나는 순간 뒤통수를 시원하게 얻어맞은 기분을 느꼈다. 그 꿈은 나 역시 예전에 마음 한구석에 품고 있던 꿈이었고,

친구와의 대화는 그 꿈을 다시 꺼내는 계기가 되었던 것이다.

그 꿈을 실현시켜준 영화가 바로 〈고양이들〉이다. 〈고양이들〉은 2008년 비혼 여성축제를 통해 제작을 시작하게 된 영화인데, 세 명의 비혼 여성들의 현재 고민과 삶의 모습들을 담은 작품이다. 시나리오를 쓰고 연출을 맡은 나는 보름 정도의 짧은 시나리오 작업 후에 바로 촬영 준비에 들어가야 했지만, 함께 영화를 만들어 나갈 스태프를 꾸릴 때에는 한 가지 기준을 가지고 있었다. 그것은 영화 속 비혼 여성들의 이야기에 공감하며 함께 만들 수 있는 '여성 스태프'여야 한다는 것이었다. 나이나 경력과 같은 위계 조건들이 아니라 각자가 가진 재능과 경험을 자유롭게 나누고 대화할 수 있는, 결혼하지 않는 여성들의 이야기를 영화로 담아내는 작업의 의미를 '함께 만들어나갈 수 있는' 여성들을 만나고 싶었다. 여성만을 고집하는 것이 함께할 사람을 찾는 데 불편한 조건이란 생각이 들 수 있지만, 오히려 그런 조건이 여성들에게 이 영화에 선뜻 참여해볼 의지를 만들어주기도 했다. 그리고 마침내 10명 남짓의 여성 스태프가 꾸려졌다.

낯설게 처음 만났던 시간들이 며칠 지나지 않아 우리 스태프는 서로 굉장히 친해지며 편안하고 즐거운 분위기 속에서 일을 하게 되었다. 우리 안에 남자가 한 명도 없다는 것이 문젯거리가 되거나 불충분한 조건은 되지 않았다. 우리는 각자의 역할을 가진 조직체였으나 위계질서를 필요로 하지 않았다. 포지션과 작품경력과 나이로 서로를 구분하고 서열화하는 것이 아니라, 각자가 가진 재능과 역할을 존중하며 대화해나갔기 때문에 가능한 일이었다. '오야'들이 모든 것을 결정하고 일방적으로 일을 진행하는 것이 아니라 '서로의 목소리를 들으며' 영화를 찍었다. 우리 안에서는 그 어떤 것도 '당연한 것'은 없었고, 그것은 내가 이 영화를 통해 느낀 평등의 관계였다.

나는 상상만 하던 이러한 방식의 작업과정을 경험할 수 있었다는 것에 감사함을 느낀다. 누구도 얘기하지 않은 우리의 이야기를 영화에 담는다는 것과 함께 여성 스태프끼리 모여 이루어진 작업이라는 점은 이 영화에 생명력을 불어넣었다. 영화 촬영이 이렇게 즐거울 수 있다는 것을 나도 처음 경험했다. 이번 작업은 내게 엄청난 에너지와 자신감, 가능성을 열어 보여주었다. 내가 받아들이기 힘든 것과 타협하지 않고도 만들고 싶은 영화를 만들어냈다는 큰 성취감을 얻게 된 것이다. 오랫동안 입고 있던 상투적인 옷을 벗으며 마치 새로 태어나는 것 같은 기분을 느꼈다.

남자를 쫓아낸 고양이들의 울음

나는 종종 남자의 필요성을 말하는 상투적인 질문들 속에서 '남자가 없을 경우 생길 만한 어떤 상황들에 대해 두려움을 느껴야

영화 〈고양이들〉은?

비혼 여성 싱크로율 105퍼센트

획일화된 가치관과 기준으로 결혼을 바라보고 강요하는 사회에서 결혼하지 않음을 선택하는 '비혼'이 갖는 의미는 크다. 〈고양이들〉은 언니네트워크가 그간 이슈와 사업으로 이어온 비혼을 주제로 2008년에 제작한 영화. 비혼 여성들의 이야기는 물론, 결혼이란 무엇인가에 대한 질문도 담고 있다.

여성 스태프들이 만든 영화

여성이 주축이 되어 여성의 목소리를 담아낸 영화 〈고양이들〉의 전 스태프는 비혼을 지지하는 여성으로 이뤄졌다. 여성들이 함께 모여 소통하며 작업한 것은 제작진 모두에게 의미 있고 소중한 경험으로 남아 있다.

줄거리

28살의 시라. 이혼한 엄마와 남동생과 함께 사는 그녀는 낮에는 친구 심장의 집 옥탑방 작업실에서 액세서리를 만들어 팔고, 밤에는 바에서 아르바이트를 하며 살아간다. 엄마는 시라에게 결혼을 재촉하면서 그저 한숨만 쉰다. 그녀의 목표는 열심히 돈을 모아 독립을 하는 것이다.

심장과 허파는 레즈비언 커플이다. 심장은 결혼반지와 프러포즈 이벤트를 준비한다. 그러나 허파가 다른 사람을 만나는 것만 같고 허파와의 관계가 요즘 더욱 어렵다. 원하는 취직마저 쉽지 않아 심장의 마음은 더욱 불안하다.

30대 중반의 치과의사가 있다. 그녀는 결혼하지 않고 혼자 살아가는 비혼여성이지만 아이를 갖고자 한다. 하지만 병원에서는 결혼하지 않은 여성에게는 정자를 주지 않는다. 하는 수 없이 그녀는 남자들과 데이트를 하기 시작한다. 그러나 쉽지가 않다.

한다'는 교묘하게 숨겨진 요구를 발견하게 된다. 물론 〈고양이들〉을 찍으면서 우리에게도 절망적이고 힘든 상황들은 어느 순간 예상치 못하게 쓰윽 다가와 모습을 드러내곤 했다. 이러한 상황에서 우리는 어떻게 해야 할까. '제대로 된 남자 하나 없이 너네들끼리 어디 영화 한 편 찍을 수 있겠냐'는 말을 에둘러 "여자 스태프끼리 일하면 많이 힘들지 않아?"라고 질문하며 걱정해주는 사람들에게, 나는 〈고양이들〉의 마지막 장면으로 대답을 대신하고 싶다.

인적이 없는 늦은 밤, 어두운 골목길을 홀로 걸어가는 여성의 뒤를 한 남자가 쫓아간다. 그녀는 그 공포스러운 상황에서 뛰기 시작하고, 다행히 골목을 벗어나게 된다. 그리고 다른 여성들을 만나게 된다. 그녀들은 모여 치한을 쫓아버리기 위해 남자를 향해 함께 고양이 울음소리를 낸다. 남자는 당황한 표정으로 서둘러 도망가고, 여자들은 이를 보며 까르륵 웃는다.

언제 어디서나 힘들고 위험한 상황은 존재할 수 있다. 실제 상황은 마지막 장면처럼 극적으로 끝나지 않는다고 하더라도, 그런 상황은 남자 하나로 해결되는 것이 아니다. 내가 이것을 깨달을 수 있었던 것은 남자 하나 없이 일해봤기 때문이다. 🌿

풍경 언제든 원할 때면 카메라를 들 수 있다는 믿음을 가진, 영화가 나의 성역임을 아는 행운아.

빵 굽는
두 여자

이른 새벽, 이대 앞 작은 골목의 매장은 벌써 분주하다. 그날그날 구울 빵의 반죽을 하나하나 만들어 치대고, 발효시키고, 미리 준비한 재료를 넣고, 모양을 만들고 오븐에 넣어 굽는다. 빵의 종류가 웬만한 큰 빵집 못잖고 수시로 주문이 들어오기 때문에 신선한 재료를 준비하는 일도 만만찮다. 오전에는 먹음직한 빵들이 나오고, 오후에 이것을 포장하고 오가는 손님을 맞는다. 지난달부터는 바게트를 굽기 시작했다. 제대로 구워진 바게트는 바삭하고 구수하고 끝 맛이 단, 아주 감미로운 빵이 된다. 그 맛은 놀랍게도 누룽지 맛과 가장 가깝게 닿아 있다. 우리의 가장 큰 관심사는 유럽 빵처럼 밥 대신 먹을 수 있고, 맛도 있는 건강 빵을 만드는 것이다.

'나무 위에, 빵집'을 꾸리는 우리 둘은 마흔다섯 살이다. 한 사람 나이를 내림하고 한 사람 나이를 올림하면 대략 그렇다. 그러니까 '나무 위에, 빵집'에는 90년 인생이 걸린 셈이다. 빵집 쇼윈도 너머로 빵을 굽고, 자르고 포장하는 모습을 볼 때면 잎이 무성한 나무가 떠오르는 이유도 그 때문인 것 같다.

두 여자의 힘만으로 심고 키운 '나무 위에, 빵집'은 이제 막 1년 된 작고 여린 나무다. 그렇다고 뿌리까지 1년생인 것은 아니다. 지금의 매장에서 정식으로 개업하기 전 준비 단계로 홍대 앞에서 빵 작업실을 운영하는 동안 한 달에 한 번씩 시식회도 했다. 매장을 낸 지금도 홍대 작업실에서 어깨를 맞대고 와글거리며 빵을 먹던 시식회를 그리워하는 사람들이 많다. 그전에는 우리 빵맛에 반한 지인들에게 집에서 구운 빵을 배달해주었다. 온라인을 통한 주문과 판매도 꾸준히 해오고 있다. 이러한 2년 반의 작업과 우리 빵을 고대했던 회원들의 지지가 정식 개업의 든든한 버팀목이자 밑거름이 되었다.

동네 빵집이 줄줄이 문을 닫고 유명 프랜차이즈만 살아남는 현실에서 왜 하필 빵이었느냐 하면, 사실 대답하기가 쉽지 않다. 돈 욕심을 내기보다는 사람들에게 좋은 빵을 팔고 나눠 먹고 싶다는 의도가 분명 작용했으리라. 처음에는 집에서 빵을 구워 배달하는 형태로 소박하게 시작했는데 어느새 나눠 먹어야 할 사람 수가 카페에 가입한 회원만 이천 명을 바라보고 있다.

한국 빵, 밥보다 좋은 빵을 위해

우리 빵은 두툼하고 생김새도 투박하다. 이런 빵이 사람들이 갖고 있던 빵의 심상을 그대로 재현했는지, "그림책에서 보던 그 빵 그대로야!"라며 신기해하는 사람들이 많다. 그러나 시선을 끌고 마음을 사로잡는 빵의 모양보다 훨씬 중요한 것은 빵 자체이다. 우리는 속속들이 한국적인 빵을 굽고 싶었다. 달고 부드러운 식감과 외양에 집중한 일본식 빵이나 원가와 편의성에 집중한 미국식 빵이 아니라, 우리 입맛과 느낌을 담은 '우리 빵' 말이다. 이것이 우리가 빵집을 낸 가장 큰 이유였다.

시중에서 파는 대부분의 빵은 달고 기름진 맛으로 승부하는 것 같다. 빵에 설탕과 유지류(쇼트닝, 마가린, 버터, 휘핑크림, 생크림 등)를 듬뿍 넣으면 웬만한 맛은 다 보정된다. 이 둘은 가장 저렴하면서도 확실하게 소비자의 미각을 만족시킨다. 그러나 건강에 좋을 리가 만무하다. 이런 경향이 점점 더해가고, 소비자도 더 깊숙이 끌려가는 것 같은 느낌이 든다.

우리가 원래부터 달고 기름진 맛들을 선호했던 것일까. 한국 사람들은 누룽지나 뻥튀기, 담백한 떡을 좋아했고, 음식 조리법에도 튀기는 것이나 단 소스를 입히는 것이 거의 없었다. 지금의 입맛은 음식 시장에 의해 길들여진 혐의가 강하다. 실제로 개업하기 전 2년 동안의 작업을 통해 우리 빵처럼 저지방, 저염, 저당의 빵이 주는 맛을 느끼는 사람들이 꽤 많다는 것을 알게 되었다.

우리는 '믿고 먹는 건강한 빵'을 지향한다. 건강한 재료만이 건강한 빵과 좋은 맛을 보장하는 것을 알기 때문에 건강한 재료를 구매하기 위해 많은 노력을 기울인다. 그리고 가능한 범위 내에서 우리 농산물, 무항생제, 친환경, 유기농 재료를 쓰고 몸에 좋지 않은 제빵계량제나 유화제, 산화제와 같은 일체의 화학적 첨가물을 넣지 않는다. 당뇨, 암수술 환자, 아토피, 채식주의자, 다이어트 중인 이들을 위한 맞춤형 주문도 가능하다.

재료에 대한 투자와 노력은 즉각적 반응이 아닌 고객들이 남기는 '엄마가 빵에서 정직한 맛이 난대요.' '정말 소화가 잘돼요.' 하는 후기로 돌아온다. 사실 매장에서는 절대 '집에서 하는 것처럼' '우리 아이에게 먹일 것처럼' 하는 것만으로는 부족하다. 우리는 집에서 요리할 때와 비교할 수 없을 만큼 자주 손을 닦고 청소도 더 자주 한다. 유통기간 엄수? 긴 말 할 것 없이 기본 중의 기본이다.

나가떨어졌다가 다시 일어난 이유

우리가 빵집을 준비한 때는 웰빙 트렌드가 본격화될 무렵이어서 사람들의 호응도 예상보다 빨리 나타났다. 그런데 생각지도 않은 곳에서 문제가 발생했다. 우리의 체력이 따라주지 않았던 것이다. 대학 시절 집회를 위해 무거운 앰프도 거뜬히 나르던 우리가 개업 8개월 만에 체력이 바닥나고 말았다. 피로가 누적되니 내일의 노동이 무서워서 잠이 오지 않는 상황까지 벌어졌다. 결국은 가게 문까지 닫은 채로 며칠 몸살을 앓았다. 육체의 한계인지 정신의 한계인지 구별이 되지 않았다. 누가 해답을 줄 수도 없고, 따라주지 않는 몸을 탓할 수밖에 없었다.

그런데 엉뚱하게도 TV다큐멘터리에서 그 답을 찾았다. 마흔 살 전후의 사람들이 직업을 바꾸기 위해 자신이 원하는 직업을 경험하는 내용이었다. 음식점 여는 것이 꿈인 한 중등교사가 TV에 힘입어 손꼽을 정도로 유명한 중국집에서 1주일 동안 체험하는 프로그램이었다. 요리라는 것 자체가 하루 종일 서 있고 불 앞에서 하는 것이라 아무리 간절히 매달리던 사람들도 하루만 일하고 나면 다음날 출근을 않고 도망간다고 했다. 그러나 그 교사는 1주일 동안 성실하게 버텼다.

빵집도 만만치 않은 육체노동이다. 650그램의 빵을 만들기 위해서는 공정상 그 무게를 12번 정도 들어야 한다. 빵판이나 용기의 무게까지 합하면 18킬로그램 정도니 더 말해 무엇 할까. 프로그램을 보고 난 후에 40대가 노동집약적 업종을 창업을 하는 것은 객관적으로 힘들다는 것을 받아들이니 마음이 좀 편해졌다. 그리고 다시 4개월이 흐르자 몸도 이골이 났는지 예전만큼 힘든 느낌은 덜하다. 창업을 준비하는 여성들에게는 체력의 한계를 너무 무서워하지 말라고 조언해주고 싶다. 40대 중반의 여성 둘이 지금껏 해왔으니 당신도 할 수 있을 거라고.

자영업은 어느 정도 매출이 올라가면 정체기에 접어들게 마련이다. 경험상 정체기를 뚫고 다시 올라가는 데는 훨씬 더 많은 노력과 변화가 필요했다. 몇 차례의 어려움을 거쳐 1년을 채운 지금, '나무 위에, 빵집'도 경영을 제대로 배울 때가 왔다고 느낀다. 우리의 가장 큰 관심사는 경영과 빵 맛의 심화다. 새벽에 바게트 반죽을 돌리고 나서 틈틈이 경영 관련 책을 읽고, 우리 빵집의 출발이자 영원한 과제인 '한국 빵 맛'에 대한 고민도 여전히 진행 중이다. 담백하면서 감미롭고, 첫맛보다는 끝 맛, 끝 맛보다는 뒷맛이 좋은 빵을 찾는 한편, 좀 더 대중적으로 사람들의 입맛에 다가가기 위해 노력하고 있다.

흔히 말하기를 자영업은 2년 정도를 버티면 성공한다고 한다. 앞으로 1년이 지나면 '나무 위에, 빵집'의 잎사귀가 더욱 풍성할 것이고, 뿌리도 한층 강해지리라 기대한다. 그렇다고 체인을 내는 식으로 덩치를 늘려나갈 생각은 없다. 그저 조금 더 크고 뿌리가 단단한 나무가 되어 더 많은 언니들이 나무 그늘에 깃들이기를 바랄 뿐. 🌿

예민한 위장 탓에 시중의 빵을 먹을 수 없던 밥빵은 밥보다 좋은 빵을 구워내는 일에, 사회복지사인 히는 빵을 팔면서 행복과 건강을 나누는 일에서 보람을 찾고 있다. 카페 주소는 'cafe.naver.com/overthetree'이다.

단순하게,
소박하게,
느리게

"감자야, 상추야, 쌈추야, 근대야… 무럭무럭 잘 자라라!"

인사를 하며 자전거를 타고 집으로 돌아간다. 주말이면 운동
겸 나들이 삼아 자전거를 타고 텃밭에 간다. 내가 주말농장을 처
음 시작한 것은 2003년이었다. 그후 개인사에 많은 변화가 있다
보니 지속하지 못하다가 6년 만에 다시 시작하게 됐다.

주말농장을 시작할 때의 느낌이 아직도 생생하다. 감자꽃이 피
었을 때 그보다 예뻐 보이는 꽃이 없을 것 같았고, 열매를 맺어
처음 맛보았을 때는 어찌나 감격스럽던지. 그냥 사서 먹을 때는
몰랐는데 직접 길러서 먹으니 맛도 더 좋은 거 같았고 감사하게
먹게 되었다. 그런 기억 때문에, 당장 귀농하지는 못하지만 내려
가기 전에 유기농법을 익혀야겠다는 생각에 정신없는 와중에도

주말농장을 하고 있다.

'단순하게, 소박하게, 느리게'

귀농을 생각하기 전까지, 하고 싶은 것을 못 하고 사는 것에 대한 불만이 가득 찼었고, 그로 인해 몇 년간을 불안함과 공허함 속에서 떠돌았다. 의미 있는 삶을 살고 싶어서 정말 열심히 살았지만 행복하지는 않았다. 지친 나를 위해 위로가 필요했다. '내가 진짜로 원하는 게 뭘까?' '어떻게 살아야 행복할까?' '앞으로 뭘 해서 먹고살아야 하나?' 이런 고민들이 계속 이어졌다. 그 결과로 귀농을 생각하게 되었다. 귀농은 '틀에 얽매이지 않고 자신의 의지대로 자유로운 삶을 만들어 갈 수 있고, 자급자족하며 살 수 있는 방법' 중에 하나였다. 게다가 도시에서의 삶이 점점 싫어지기도 했다.

도시는 정신적으로 참 피곤한 곳이다. 목이 답답할 정도로 공기도 좋지 않고, 24시간 훤해서 낮인지 밤인지 분간하기도 어렵고, 너무 시끄러워서 잠들기도 쉽지 않다. 또한 흙을 밟아볼 기회도 거의 없고, 대부분의 시간을 시멘트로 만들어진 건물에 갇혀서 지낸다. 어느 순간, 편리한 생활이 오히려 열악하다는 것을 깨닫게 되었다.

필요한 것만 갖고 소박하게 살고 싶은데, 이 자본주의 사회는 끊임없이 소비를 부추긴다. 멋진 물건을 보면 갖고 싶어지고, 그러지 못하는 상황에 비관하고 다른 사람과 비교하게 만든다. 그러다보니 경쟁적으로 더 좋은 직장에 더 많은 돈을 벌기 위해 자신을 팔아넘긴다. 그렇게 도시에 사는 모두가 획일적인 삶을 살아간다. 나는 한 가지 일을 하면 몰입하는 스타일이라, 빠르게 한 번에 여러 가지를 해야 하는 것에 스트레스를 많이 받아왔다. 사람들의 요구에 맞추기 위해 항상 나를 채찍질해야 했고, 조금만 느슨해지면 늘어져버리는 나를 남들과 비교하면서 자괴감에 빠져야 했다.

입버릇처럼 자본주의를 반대한다면서 철저하게 자본주의적인 삶을 사는 나를 볼 때면 자괴감이 들었다. 모두들 꽉 짜인 시스템 속에서 사회의 부속물로 힘겹게 살아가고 있다. 사람도 상품인 세상에서 상품으로서 가치가 거의 없는 불량제품들은 끊임없이 자기를 부정하게 된다. 이 세상에 쓸모없는 생명체가 얼마나 될까? 사람의 가치를 벌레만도 못하게 만드는 시스템은 이미 잘못된 시스템이다. 모든 생명체가 소중한 존재로 서로가 존중받는 세계는 불가능한 것일까?

하지만 도시에서 살다보면 나 역시도 물질적으로 풍요로워야 행복하다는 사고방식에서 벗어날 수가 없게 된다. 항상 이곳에 안주하며 머물러 있기 때문에 새로운 세계가 잘 그려지지 않는 것뿐이다. 이 상황에서 벗어나기 위해서는 단호하게 도시를 떠나야겠다는 생각을 하게 되었다. 힘든 시절 읽었던 틱낫한 스님의 책에서 '지금 이 순간에 온 마음을 다하라' 와 같은 말들이 나에게 의미 있게 다가왔던 것 같다. '한 번 살다 가는 인생, 마음 가는 대로 살아보자' 생각하니 마음이 편안해졌고 새로운 세상을 꿈꾸게 됐다. 내 의지대로 '단순하게, 소박하게, 느리게' 사는 삶. 그런 삶이야말로 내가 온 마음을 다해 살아갈 수 있는 삶이라는 생각이 들었다.

생협에서 귀농의 꿈을 키우다

예전에 나는 귀농은 물론이고 환경 문제나 생태운동 등에 전혀 관심이 없던 사람이었다. 이런 나를 변하게 만들었던 것은 생활협동조합(생협)이었다. 그전까지는 그런 것은 잘 먹고 잘사는 사람들이나 하는 것으로 생각했다. 오랜 자취생활로 인해 '먹을거리는 싸고 양이 많으면 장땡'이라든지 '음식은 그저 배를 채우기 위해 먹는 것'이라는 생각이 강했는데 생협을 만나면서 변하게 되었다.

이를 계기로 나는 생태 문제에 대해 조금씩 알아나갔다. 자연스럽게 슈퍼마켓에 가지 않게 되었고, 요리하는 것을 귀찮아했는데 도시락도 손수 싸게 되었다. 그동안 손도 대지 않았던 유기농 야채들을 먹기 시작하면서 음식 재료들이 갖고 있는 본연의 맛과 향을 알게 되었다. 일회용품을 쓰지 않기 위해 컵과 수저를 들고 다녔고, 웬만한 거리는 그냥 걸어다녔다. 나도 모르는 사이 사소한 생활 습관들이 하나둘 바뀌기 시작했다.

그리고 들꽃을 탐사하는 생협의 생태 프로그램에서 '코딱지'라는 별칭을 쓰는 선생님을 만나게 되면서 귀농에 대한 생각을 키워나갔다. 늘 정신없이 살다보니 주변 환경에 도통 관심이 없었는데 이 프로그램에 참여한 뒤부터 길가에 피어 있는 꽃들이 내게 말을 걸어오기 시작했다. 그후 주변의 모든 생명체가 다르게 보였다. 이때부터 틈만 나면 코딱지를 따라다니게 되었고, 생태와 환경 문제에 대해 더욱 관심을 갖게 되었다.

여성들과 만들어 가는 생태공동체

비혼 여성이면서 귀농을 고민하다보니 공동체라는 삶의 형태를 모색하게 되었다. 농촌이라는 곳은 도시보다 보수적인 곳이라 여자 혼자 귀농하는 것에 고운 시선을 보내지 않는다. 무슨 사연이 있기에 혼자 내려왔는지 궁금해하고, 뭔가 문제가 있는 사람이 아닐까 하고 의심에 찬 눈으로 본다. 가족 단위로 귀농하는 사람들도 잘 받아주지 않는 상황이니 비혼 여성은 더더욱 쉽지 않다. 혼자서는 위험하고 어려운 상황에 대처하기가 쉽지 않지만 공동체라면 가능하겠다는 생각이 들었다. 물론 여자들이 떼로 몰려오면 당황해할 수도 있겠지만.

매스컴에서는 4인 가족이 정상적인 가족이라고 말하고 있지만, 현실은 그 틀을 벗어나 다양한 형태로 사는 사람들이 오히려 더 많다. 비혼으로 좀더 재미나게 사는 방법을 생각하다보니 공동체가 적합하다는 생각이 들었다. 귀농을 하면 육체적인 노동이 많이 필요하다. 거기에 생태적으로 살겠다고 결심을 하면 노동의 양이 더 많아질 수밖에 없는데, 일손이 많아진다면 부담을 덜 수 있을 것이다. 다양한 능력을 가진 사람들이 있으면 혼자서 하는 것보다 손쉬울 수 있고, 각자의 능력을 나누는 품앗이나 두레를 할 수 있으니 여러모로 좋은 점이 많다고 생각되었다.

생태적인 생활의 실현은 자본주의 시스템에서 벗어난 자급자족을 지향하기 때문에 먹을거리는 직접 논과 밭을 경작하고 가축을 키워 해결하고, 나무와 흙, 돌을 이용한 집을 짓는다. 전기는 태양열 전기, 풍력발전기, 자전거 전기 등을 통해 얻은 대안에너지를 사용하고, 태양열 오븐과 소똥 발효가스로 조리를 하고, 폐식용유로 자동차를 움직이고 필요한 물건을 되도록 만들어 쓰면 생활비를 최대한 절감할 수 있다. 이렇게 환경 파괴를 최대한 덜하면서 자연과 더불어 사는 삶을 만들어 볼 수 있을 것이다. 상상만 해왔던 것들을 혼자서는 실험해보기 어렵지만 서로 협동해서 해나간다면 서로에게 힘도 되고 공동체와 함께 더 성장할 수 있을 거라 생각한다.

그리고 나름대로의 노후 대책이기도 하다. 나이가 더 들면 나를 돌봐줄 가족도 없을 것이니 먹고사는 것과 외로움이 문제겠다는 생각이 들었다. 나와 비슷한 사람들이 서로 도와가며 살면 재미나게 살 것 아닌가?

혼자 이런 저런 고민만 하고 있었는데 몇 해 전 언니네 사이트에서 귀농을 준비하는 모임인 '정착과 유목사이www.unninet.net/wandering'를 만나게 되면서 내가 상상했던 것들을 실현해볼 수 있겠다는 생각이 들었다. 다른 곳이었으면 무심코 넘어가거나 귀 기울지 않았을 이야기를 이곳에서는 모두 맞장구 쳐주며 들어준다. 아직까지 구체적인 계획은 없지만 각자의 꿈을 하나씩 풀어내며 움직이고 있는 중이다. 이들과 함께라면 내가 꿈꾸는 비혼 여성들과의 생태공동체를 재미나게 만들 수 있겠다는 생각이 든다. 아직은 도시물이 많이 들어서 빼내려면 좀더 시간이 흐르겠지만 서로 자극을 주고받으며 새로운 것들을 하나하나 시도해보려고 한다. 🌿

차력사 단순하고, 소박하고, 느리게 사는 삶을 살고 싶지만 일복이 많아 일더미에 묻혀 지내고 있다. 이 굴레에서 벗어나 자유롭고 신나는 삶을 살기 위해 동분서주하고 있다.

여자들이여,
운동장으로 나오라!

::**스물여섯째** 이야기

축구하고 싶은 사람 여기 붙어라~

축구였다. 사진도, 춤도, 영화도, 여성학 세미나도 아닌, 열한 명이 팀을 이뤄 상대방의 골문을 향해 돌진하는. 몸을 부딪치고 채이고 고꾸라지면서도 일어나 다시 뛰어야 하는 축구. 바로, 그녀들이 모인 이유 말이다.

맨 처음 축구 모임을 시작했을 때에는 네댓 명이 고작이었다. '여자들은 너무 몸을 안 움직여.' '왜 운동장은 늘 남자애들 차지인 거야?' '여자들은 뛰고 움직이고 굴러볼 기회가 너무 없어. 그러니까 점점 더 약해지는 거잖아!' '여자들도 땀 흘리고 몸을 부딪치는 기쁨을 알면 좋겠어.' '그러니까 우리부터 해보자.' 이런 생각을 했던 몇몇이 의기투합했다. 어둑어둑해지던 여름 밤, 성산중학교 운동장에서 축구 훈련이랍시고 말도 안 되는 단체 달리기를 했던 것을 '짝토'의 처음으로 기억한다. ('짝토'는 둘째, 넷째 짝수 토요일마다 모인다고 해서 붙인 이름. 운동장을 뛰고 땀을 흘리는 기쁨을 먼저 알아버린 여자들의 모임이라고 할 수 있겠다.)

사실 이렇게 모임을 시작했을 때, 지금의 짝토는 상상도 하지 못했다. 과연 축구를 보는 것이 아닌, 직접 하는 것에 기쁨을 느끼고 기꺼이 시간을 내어 나올 여자들이 몇이나 될까 하는 물음이 아직 사라지지 않았던 때였으니까.

축구하는 여자라는 자랑스런 꼬리표

그런데 말이다. 여자들끼리 축구를 하는 모임이 있다는 소문은 의외로 많은 여자를 끌어당겼다. 전혀 새로운 인물들이 거침없이 등장했는가 하면, 이미 알고 있던 친구들이 '나 사실, 축구 좀 했었어' 혹은 '나 축구 무지 좋아하는데' 이런 커밍아웃들과 함께 하나둘 정체를 드러냈다. 친구 따라 잠깐 들렀던 사람들이 축구에 푹 빠지게 되면서 스물대여섯 명은 식은 죽 먹기로 넘겼다. 그녀들은 하나같이 여자들이 축구를 할 수 있는 모임이나 공간이 없어 늘 이런 모임을 기다렸다 했고, 보통 사람들이라면 이상하게 여길 '축구하는 여자'라는 꼬리표를 자랑스럽고 반갑게 여겼다.

심지어 나는 짝토 모임이 끝난 뒤 일부러 옷도 갈아입지 않고 축구화에 축구 스타킹을 신은 채로 집까지 간 적도 있다. 나 축구하는 여자야, 이런 분위기를 폴폴 풍기고 싶어서. 그리고 운동이 끝나고 뒤풀이 갈 때, 축구공과 콘과 훈련용 조끼가 든 커다란 가방을 들고 트레이닝복에 운동화를 신은 여자들과 떼거리로 홍대 거리를 활보할 때엔 해방감마저 느꼈다. 여자들끼리만 모여 운동을 한다는 것, 특히 남자들의 전유물로 여겨졌던 축구를 한다는 것은 그것에 대해 글을 쓰거나 말을 하지 않아도 이미 전혀 다른 의미를 생산해내고 있었고, 남자들만 득시글거렸던 운동장의 분위기를 묘하게 바꿔놓았다. 나는 축구만으로도 너무 재밌는데, 그런 것까지 더해져 신이 났다.

이제는 스포츠뉴스에서 여자 축구 선수나 여자 복서가 나와도 당연한 시대가 되었고 무거운 역도를 번쩍번쩍 드는, '보통' 여자와는 사뭇 다른 몸의 장미란 선수에게 환호하지만, 바로 눈앞에서 축구를 하며 뛰고 있는 여자들은 여전히 이상한 여자들, 유별난 여자들이다. 요가나 헬스, 수영과 같이 몸매를 가꾸기 위한 운동이 아니라 축구나 야구, 무술처럼 몸싸움이 있거나 거칠다고 여겨지는 스포츠는 여자들과 어울리지 않거나 무리라고 생각하기 때문이다.

여자들 운동장을 차지하다

토요일 오후 다섯 시 즈음, 축구공을 들고 이미 운동장을 가득 메운 남자들의 축구 시합이 끝나길 기다리고 있으면, 사람들은 호

기심 반, 깔보기 반으로 우리를 쳐다본다. 물론 이 사람들은 대부분 남자다. 토요일 오후의 운동장이 아니더라도 운동장은 늘 남자들로 가득하다. 여자들은 고작 스탠드에 앉아 남자친구의 축구 혹은 농구 시합이 끝나길 기다리거나 과 경기를 응원하는 데 동원될 뿐이다.

이런 운동장 풍경에서 여자들 한 무리가 운동장 한쪽 스탠드로 모여들어 운동하기 좋은 복장으로 갈아입고, 축구 스타킹을 신고 운동화 끈을 매고 있으면 이렇게 수군대는 소리가 들린다. "뭐야, 쟤네들?" "뭐 하는 거야?" 으레 위아래로 훑어보는 시선도 함께 느껴진다. 훈련용 콘을 운동장 위에 하나씩 놓고, 축구공을 꺼내고, 다 같이 모여 몸을 풀기 시작하면, '어쭈!' 하며 헛웃음 짓는 남자들의 시선이 고정된다. 별일 다 보겠다는 식이다. '그래, 한번 보자. 너희가 축구를 한다는 거야? 룰이라도 알면 다행이겠다.' 딱 이런 시선이다. 하지만 우리는 아랑곳하지 않고 열심히 몸을 풀고 콘 사이로 공을 몰아가며 드리블 연습을 하고, 가슴 트래핑과 인사이드패스 연습에 열중한다.

어느 정도 훈련을 마치고 이제 축구 경기를 해야 하는데, 아직 남자들이 운동장을 차지하고 있다. 정해진 시간을 넘기고 여전히 축구를 하고 있는 남자들에게 약속한 시간이 다 됐으니, 빨리 경기를 마치라고 종용하기를 몇 번, 이제 그들의 시합이 끝나고 운동장은 우리 차지다.

축구를 하며 함께 뛰는 사람들과 어깨를 부딪치고, 목소리를

늘 여자들의 공간은 작고
좁다. 아마도 중학교 이후,
운동장같이 사방이 트인,
널따란 공간을 차지하고
그 공간을 통제하는 경험을
해본 여자들은 별로 없을
것 이 다 .

©야그

높여 신호를 보내고, 공을 누구에게 패스할지 재빠르게 주위를 살피며 수비를 피해 공을 차고, 결국은 골대를 향해 슛을 날리는, 머리카락이 땀에 젖도록 그 넓은 운동장을 내달리는 경험을 도대체 어떤 말로 설명할 수 있을까. 무엇보다 넓은 운동장을 전부 차지하고 달려본 적이 있는지?

늘 여자들의 공간은 작고 좁다. 어딘가에 앉을 때에도, 서서 걸을 때에도. 아마도 중학교 이후, 운동장같이 사방이 트인, 널따란 공간을 차지하고 그 공간을 통제하는 경험을 해본 여자들은 별로 없을 것이다. 남자들이 넓은 공간을 차지하고 통제하는 것만을 수없이 구경했을 뿐이다. 그런데 여자들은 하나같이 말한다. "나는 그런 걸 별로 좋아하지 않아. 잘하지도 못하고." 해보지도 않았는데 어떻게 아는 걸까? 적어도 그게 재미있는지 아닌지를 판단할 만큼의 기회가 우리에게 주어지긴 했었나? 나는 짝토가 여자들에게 운동장을 맘껏 뛰고, 공을 힘껏 차고, 땀을 흘리는 것이 즐거운 일인지 아닌지를 스스로 판단할 수 있는 기회를 제공한다고 생각한다.

실력, 나이 불문한 배려와 우정의 축구

사실 짝토는 축구를 잘하는 사람들의 모임이 아니다. 운동신경이 뛰어나거나 축구에 소질 있는 여자들의 모임이 전혀 아니라는 거다. 오히려 룰을 백퍼센트 알지 못하거나 헛발질 일쑤인 사람들의 모임, 축구보다 운동장을 뛰고 땀을 흘리는 기쁨을 먼저 알아버린 여자들의 모임이다. 그리고 그 즐거움을 축구를 배우면서 기량이 조금씩 늘어가는 것으로 승화시켜가는 모임이다.

'짝토축구' 는 실력과 나이나 지위로 위계화되는 조기 축구회나 군대의 축구와는 전혀 다르다. 몇 명이 나오든 변용이 가능하고, 원하는 포지션을 다양하게 설 수 있다. 원하는 대로 룰을 만들고 누구든 뛸 수 있도록 배려한다. 무조건 잘하는 사람만 계속 뛰거나 공격수를 도맡지 않는다. 골 하나 더 넣자고 일부러 스파이크로 정강이를 걷어차고 게임이 제대로 풀리지 않는다고 큰 소리로 욕하는 그런 축구 모임과는 차원이 다르다. 승부도 승부지만 축구를 하는 그 자체를 함께 즐기고, 경기에 지더라도 너 때문에 졌다는 둥 이런 말 대신 서로의 플레이를 한없이 칭찬하며 즐겁게 맥주를 마실 수 있는 것이 짝토축구다. 시합 중에 심하게 다치거나 너무 힘든 사람이 있으면 다 같이 쉬다가 다시 뛴다. 안경을 쓴 사람들을 배려해 공을 찰 때에도 되도록 얼굴 높이로는 차지 않기로 하는 당부도 잊지 않는다. 그렇다고 몸싸움을 피하거나 승부와는 전혀 상관없는 축구를 한다고 오해하진 말기 바란다. 땀에 젖은 채 몸을 부딪치며 몸싸움을 하는 것이 얼마나 새로운 경험이고, 골을 넣는 그 순간이 얼마나 짜릿한지는 함께 뛰어본 사람은 알 것이다. 이런 모두 함께 갈 수 있도록 격려하는 시스템이 짝토가 지속될 수 있는 원동력이다.

짝토인들이 모두 공유하는 여성으로서의 감수성도 짝토의 큰 매력 중 하나이다. 서로 배려하는 짝토축구가 탄생할 수 있었던 것도 이러한 감수성이 있었기에 가능했던 것이다. 각자의 일터에서 채워지지 않는 마음들을 모임 안에서는 딱히 입으로 꺼내지 않아도 그냥 알아서 고개를 끄덕여준다. 남자 동료들의 헛소리에 피가 거꾸로 솟고, 혼자 열심히 싸우다 지쳐버린 마음들을 함께 땀 흘리고 수다를 떨면서 위로하고 힘을 얻는 것이다.

친구들이 하나둘 결혼하면서 그들과 함께 생활을 공유하기가 점점 어려워진다. 결혼하지 않았거나 계획이 없는 나 같은 여자들은 나이가 들수록 자신의 삶을 공유하고 이해해줄 사람들이 줄어든다. 새로운 친구, 마음 맞는 친구를 만나기도 쉽지 않다.

하지만 나/그녀에겐 짝토가 있다. 축구를 함께할 수 있으면서도 같은 감성을 공유하는, 정말 만나기 어려운 사람들의 모임이 있다는 것이 얼마나 행운인지. 축구하는 취미 공동체로, '다른' 삶을 사는 여자들의 생활공동체로, 짝토가 앞으로도 나와 함께 있어줬으면 좋겠다. 짝토인들에게 짝토축구는 우리들의 인생을 오래 지속하게 하는 특별히 소중한 무엇이 되었고, 무엇보다 함께 하는 축구가 너무 재밌으므로. 그리고 축구를 좋아하는 여자들을 기다리는 일은 늘 설레는 일이므로. ✿

김백애라 시와 여자들과 하는 축구와 당찬 '쏘녀'들과 여자친구들과의 수다와 으랏차차 발차기 하는 것을 좋아하는 여자.

오늘도 내일도
댄스, 댄스

::스물일곱번째 이야기

춤추는 여자들, 언제까지나

춤은 사람을 분류하는 기준이 되기도 한다. 세상에는 밤새도록 춤만 춰본 사람과 아닌 사람, 알코올 기운이 돌았을 때나 춤추는 사람과 아닌 사람, 또 춤이란 누군가를 유혹하기 위해 추는 것이라는 사람과 춤 자체를 좋아하는 사람이 있다. 나는 모든 질문에서 거의 명백한 전자이다. 이 대답에 공감하는 사람도 꽤 있다. 그러나 아직은 소수이기에 외롭고 때로 항변하듯 말해야 할 때가 많다. 춤추기보다 토론하거나 나를 증명해야 할 때는 더더욱 그렇다. 매번 충만하거나 즐거울 수는 없다. 그저 춤 자체면 족한 순간은 드물게 찾아오기 때문이다. 그러나 분명히 말하건대, 춤은 외로움의 묘약 중 하나다.

나는 춤을 꽤나 좋아한다. 나를 드러내는 가장 좋은 수단이었다는 것이 너무 불충분한 이유라고 생각될 정도로. 관객의 유무나 그 수의 많고 적음은 그리 중요하지 않았다. 그냥 춤추고 있다는 사실이 좋았고 주목받는 느낌도 나쁘지 않았으니까. 인생에서 춤이 이전보다 중요해진 것은 대학 시절이었다. 나는 남자가 대다수인 힙합댄스 동아리에 들어 곳곳을 다니며 공연을 했었다. 약간 부끄럽지만 리포트나 과제보다 춤 연습이 중할 정도였고, 눈에 띄는 자리를 차지하는 것을 당연하게 여겼다. 그러나 수도원을 방불케 하는 미션스쿨인 학교에서 끊임없이 편견에 부딪히곤 했다.

　엄마 뱃속에서부터 다니던 교회가 처음으로 부당하다고 느낀 것이 여자의 격렬한 춤을 죄악시 한 사람들 때문이었다. 여자의 가슴이 성욕을 불러일으키기 때문에 춤춰서는 안 된다는 말에 존재가 송두리째 부정당한 느낌과 서러움을 감출 수 없었다. 여성스러운 옷이나 부드러운 동작 따위는 우습게 여기며 남자들과 같은 무대에서 같은 안무를 추게 된 것이 '지난한 싸움' 이었다는 생각이 뒤늦게 든다. 그러나 그들과 같아지려고 노력한 것이 정답이었다고는 생각하지 않는다. 요즘 그 친구들은 '신이 만드신 몸매'를 자랑하기 위해 배꼽티를 입고 허리와 골반을 강조하는 춤을 춘다니 약간 이상한 기분마저 든다. 내가 맘껏 춤을 추면서 그것을 죄악으로 여기지 않게 된 것은 학교 그리고 교회에서 벗어난 시점과 거의 겹쳐 있다.

춤 자체는 성스럽지도 않고, 외설도 아니다. 섹스와 명백히 다르지만 외따로 떼낼 수 없는 무엇이기도 하다. 춤만큼 섹스를 연상시키는 움직임은 드물기 때문이다. 실루엣은 리듬과 만나 심장 박동을 빠르게 하는 촉매가 된다. 하물며 손을 맞잡고, 시선을 나누며 추는 커플 댄스는 오죽할까. 춤추는 그 순간만큼은 최선의 상대이자 가능한 한 몸이(신체 접촉이 어느 정도든 상관없이) 되어야만 한다. 그것이 함께 추는 춤의 으뜸가는 법칙이다.

춤의 다양한 외피와 살결

친구가 데려간 댄스홀에서 스윙댄스를 처음 보았을 때는 그저 어지러웠다. 현란한 스탭과 화려한 추임새, 누구에게 보여주는 것보다 춤 자체에 몰두한 사람들의 즐겁고도 진지한 표정이라니. 오직 돋보이거나 공연하기 위해 춤을 춰온 내게는 생소함 자체였다.

열심히 스탭을 연습하고 텐션(춤의 신호를 주고받기 위해 팔이나 등으로 만들어내는 긴장)을 고민하던 때였다. 커플 댄스는 기본적으로 춤을 이끄는 리더가 주는 신호를 받아서 추는 식으로 춤이 구성된다. 그러나 리더는 남자의 역할로, 여자는 그저 춤을 따라가는 수동적인 역할이 당연시되곤 한다. 리드하는 법을 배우기도 눈치가 보이던 동호회에서 착실하게 커가던 내 눈이 번쩍 뜨이는 날이 왔다. 당연하게 여겼던 남녀 커플이 아니라 여자들끼리 춤

춤 자체는 성스럽지는 않지만, 외설도 아니다.

실루엣은 리듬과 만나 심장박동을 빠르게 하는 촉매가 된다.

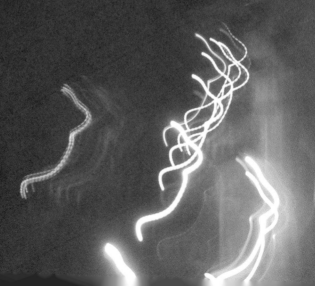

을 추고 있었다. 나는 순식간에 그 언니들에게 꽂혔다. 그러나 남자들의 편견은 무시무시했다. 그녀들을 싸잡아 (비하하는 의미의) 레즈비언으로 지칭하는가 하면, 제대로 춤을 못 춘다거나 하는 식으로 말하곤 했다. 그런 말에 항변하기에는 아는 것이 전혀 없었다. 그저 다가가기 힘든 아우라를 내뿜는 그 언니들을 멀리서 지켜볼 뿐이었다.

소소한 말 걸기를 시도하고 건너건너 알게 된 언니가 생긴 후, 여자들의 스윙동호회에 첫발을 내딛던 때의 긴장감이 생각난다. 언니들과 기꺼이 춤을 추는 지금은 든든한 백이 생긴 기분이다. 누군가 내게 춤출 때 중요한 것이 힘이냐 교감이냐 묻는다면 사실 둘 다라고 말할 것이다. 힘이 있는 만큼 춤을 잘 춘다는 얘기가 아니다. 필요한 만큼 힘을 효과적으로 조절할 수 있어야 한다는 얘기다. 그렇기 때문에 무작정 상대를 힘으로 휘두르는 것은 춤이 아니라고 말하고 싶다. 대체로 남성과 춤을 출 때의 장점이 힘, 여성과 춤을 출 때의 장점이 교감이라고들 하는데 절반은 맞는 얘기다. 여자들의 춤은 훨씬 관계 중심적이고 상대를 배려하는 구석이 있다.

리더가 이끄는 대로 움직이는 경직된 춤도 그 자체에서 무념의 경지나 나름의 재미를 준다. 하지만 기본적으로 상호작용이 없으면 춤은 지루해질 수 있다. 때론 내 의사와 무관하게 공중으로 던져지거나 다칠 수도 있다. 실제로 스윙 바에서 다리 사이로 미끄러지는 패턴을 하다가 바닥에 뒷머리를 심하게 찧은 적이 있다.

턴을 시키면서 등허리를 슬쩍 더듬거나 과도하게 끌어안는 남자들도 있다. 명백한 추행이 아니라면 춤추는 도중에 자리를 박차기도 쉽지 않다. 그런 놈들까지 보호받을 수 있는 '에티켓'이라는 통념이 댄스 플로어에 작용하고 있으니.

여자와 춤추면 꽉 짜인 느낌은 덜하지만 여백의 미가 있다. 어떤 동작을 강요하는 것이 아닌 권유하는 느낌이랄까. 조곤조곤한 그녀들의 텐션에 익숙해지면 멋진 춤을 출 수 있고 춤추는 순간의 위안이 각별하다. 따뜻하고 포근하며 몸과 마음이 동시에 가닿는 느낌이랄까. 이 3분의 황홀을 겪어보지 않은 이는 실감하기 힘들겠지만. 그것은 훨씬 안전하고 깔끔한, 섹스의 모조품이다. 내게는 여자와 춤추는 것이 내밀한 욕망을 공유하는 일이다.

그래서 욕구 불만으로 마음이 찌들거나 스트레스로 마음이 사나워졌을 때는 춤을 추라고 권하고 싶다. 물론 춤춘다고 금세 외로움이 저만치 물러가는 건 아니지만, 적어도 손을 맞잡는 순간에는 외로움이 훨씬 덜할 테니. 애인이나 파트너 없이 나이는 들어가고, 섹스를 하고 싶지만 원 나잇 스탠드가 내키지 않는다면 언제든 출 수 있는 춤 하나쯤은 배워둘 일이다. 땀 흘려 춤추며 웃고 나면 굳이 누군가의 체온이 없어도 깊은 잠에 들 수 있다.

나이가 들어도 계속 춤추고 싶다는 소박한 욕망은 거창한 실천이 필요한 일일 수도 있다. 십 년, 이십 년이 지나면 지긋한 동년배의 춤 파트너를 찾아 어두침침한 댄스홀을 기웃거려야 할지도 모른다. 그러나 자신만의 표현과 소통에 목마른 여자들이 있는 한, 춤추는 여자들은 앞으로도 계속 존재할 것이다. 스윙뿐만 아니라 살사, 탱고를 여자들과 멋들어지게 출 날도 분명 올 것이다 (몇몇 친구들은 이미 리딩을 배우고 있으니). 홀을 가득 메운 여자들이 밤새 갖은 춤을 나누며 안온함을 즐긴다면 얼마나 재밌을까. 꼭 춤을 위한 공간이 아니라도 괜찮다. 친구의 집 거실이나 노래방, 혹은 내키는 아무 데서든 손을 맞잡으면 그만이다. 언제까지고 열심히 춤을 추고 춤추는 여자들과 소통하면 된다. 조금 시들해진다해도 어차피 길고 가늘게 갈 것이니 조급해하지 않으면 그만이다. 🌿

이은　춤은 혼자서도 혹은 함께 출 수 있지만 그 느낌이 매번 다른 것에 놀라는 사람. 할 수 있는 한 많은 춤을 더 뜨겁고 즐겁게 추는 것이 삶에서 아주 중요한 사람.

앞길이 구만 리건
구 미터건

::: **스물여덟번째** 이야기

이대로 나이만 먹으면 어떡할래?

그러게. 이대로 나이만 먹으면 어떡하지? 둘이 살았던 흔적이 아직도 남아 있는, 그러나 이제는 혼자서 살아낸 지 1년이 되어가는 내 방에 앉아 생각해보았다. 나이 '만' 먹는다는 건 어떤 걸까? 나는 일부러 소리 내어 중얼거려본다. 어떡하긴 뭘 어떡해? 이젠 알고 있잖아. 이런 질문, 별로 실속 없다는 거.

서른여섯. 모든 나이가 그렇듯이, 지금의 내 나이는 어디에서는 앞길이 구만 리 '창창한' 나이이고, 어디서는 민망하게도 '큰언니' 대접 받는 나이다. 여전히 사는 게 질풍노도라고 말하면, 20대 중반의 친구는 30대 중반인데도 그러냐며 놀란다. 커리어를 완전히 바꿔 새로운 일을 시작하기엔 너무 늦은 게 아닌가 싶어서 헛헛하다고 말하면, 40대 후반의 지인은 '그렇게 젊은데 뭐가 걱정이냐, 내가 그 나이면 뭐든 새로 시작하겠다'고 호통 친다. 하긴, 누군들 이런 경험쯤 없겠는가. 초등학교 2학년도 유치원생 보고 '넌 아직 어려서 뭘 몰라'라고 하는 마당에.

나이가 갖는 상대적인 면 때문인지, 나이 먹는다는 건 종종 묘한 느낌을 불러일으킨다. 눈먼 소처럼 이리저리 부딪치며 온갖 상처를 주고받던 20대를 지나왔으니 너무 다행이다 싶으면서도, 빌빌대는 건강과 늘어가는 마이너스통장 잔고에 뭉근한 스트레스를 받기도 한다. 일할 땐 시간이 정말 안 가는데, 한 달은 눈 깜짝할 새에 흘러간다. 한 푼이라도 더 벌어 보험 하나 더 들어놓아야 할까 싶다가도, 에이, 어떻게든 되겠지~ 하고 널부러지기도 한다. 불안과 환희 사이에서, 나이 든다는 건 어떤 식으로 생각해야 하는 걸까?

'독립된 나'라는 야심찬 프로젝트

평범한 중산층 가정에서 태어나 범생으로 자란 내가 '나는 나'라는 자의식을 갖기 시작한 건, 좀 부끄럽지만 대학 입학 후부터였다. 그리고 20대 내내 '독립된 나'를 완성해보겠다는 야망을 불태웠다. 외박과 술 담배를 밥 먹듯 하며 불효녀의 길로 들어섰다. 나를 '키워준' 선배들을 비판하기 시작했다. 친구 보증금에 얹혀 월세만 보태는 것으로 집을 나와 따로 살기 시작했다. 그리고 애기 하자면 사흘 밤낮은 새야 하는 파란만장한 날들이 지나간 후, 어느 날 정신을 차려보니 '독립'이라는 야망은 예전의 그 매력적인 빛을 잃어가고 있었다. 이럴 수가. 갑작스럽고, 당황스러웠다.

어쩌면 어느 시점에서부턴가 나는, 성취 지향적이고 목적의식적인 인간으로 성장한 나 자신이 좀 싫어지기 시작했던 것 같다. 왠지, 이런 식으로 계속 살아서는 안 될 것 같은 느낌. 하지만 그렇다고 다른 인간이 되겠다는 결심이나 확신은 없고. 나이는 이런 어정쩡한 상태를 변명해줄 좋은 알리바이가 되었다. '내 나이가 몇인데'라거나 '이 나이 먹어서 어떻게?'라는 편리한 카드를 꺼내들고, 나의 게으름, 무딤, 늦됨, 방황, 혹은 방황하지 못함을 변명했다. 인간은 자기가 살아온 과거의 집적이야. 그걸 부정하면 난 뭐가 되지? 이미 이렇게 살아온 걸 어쩌겠어, 라고. 과거의 자신에게 발목 잡혀 한 발짝도 걷지 못하는 형국이었다. 30대의 방황은 20대만큼 적나라하거나 당당하지 못한 채로, 모호하고 은밀하게 진행되었다. 30대에 들어선 친구들과의 술자리에서만 가끔 그런 얘기가 나오곤 했다. 30대 중반이 되면 뭔가 안정되어 있을 것 같다는 얘긴 정말 뭘 모르고 하는 소리야. 진정한 질풍노도의 시기는 30대라고.

달리기도 그렇고 멈추기도 그렇고

나이는 다 엉덩이로 먹는 것 같았다. 해가 갈수록 엉덩이가 점점

세상은 늘 새롭게 배울 것 투성이고,

나이를 얼마나 많이 먹든

내일은 '내가 아직 한 번도 살아보지 못한 인생' 으로서

미지에 대한 설렘을 품고 거기에 있겠지.

무거워져서 움직이기가 힘들었다. 좀처럼 새로운 사람을 사귀려 들지 않았고, 새로운 일을 시작하기 전에는 돌다리를 백 번쯤 두드려댔다. 안전한 술자리, 안전한 대화, 안전한 인간관계를 확보하는 데에 많은 에너지를 썼다. 나는 전에 비해 '나다운 것'이 무엇인지 더 잘 설명하게 되었고, 덜 다치게 되었지만, 대신 눈에 띄게 미지근해졌다.

확신과 선언과 목표로 뜨거웠던 나는, 미지근해진 상태에 어떻게 적응해야 할지 잘 몰랐다. 미지근해진다는 건 생각보다 무섭지 않았지만, 때론 시동 꺼진 스포츠카처럼 지리멸렬했다. 뭔가 불만스러우면서도 무기력한 상태가 덮쳐오면, 나는 집에 틀어박혀서 아무 생각도 안 하기 위해 필사적으로 잠수를 타곤 했다. 난 지금 제대로 살고 있는 걸까? 제대로 산다는 게 뭐지? 모든 시간을 촘촘히 채워가며 바쁘게 산다고 해서 인생이 의미 있어지는 건 아니라는 걸 깨달았다. 젠장. 지금까지 달려왔던 대로 계속 달릴 수도 없고, 그렇다고 멈춰 설 수도 없는 어정쩡한 상태다. 끝없는 내일이 나를 기다리고 있으며 마음만 먹으면 뭐든 될 수 있다고 믿었던 20대가 끝나갈 즈음부터였던가. 나는 가끔씩, 모든 것을 0으로 되돌린 다음 새로 출발하고 싶다는 욕망에 사로잡히곤 했다. 물론 실행에 옮기지는 못했다. 그저 아무도 나를 모르는 곳으로 가고 싶다는 둥, 지금까지와 전혀 다른 방식으로 살아보고 싶다는 둥 하며, 애꿎은 여행 타령만 주기적으로 해댈 뿐.

서른이 왔다. 연애가 시작되었다가 끝났고, 상가 건물 월세, 옥탑방, 1층방, 전셋집 등으로 몇 차례 이사를 했고, 원형탈모, 위장병, 요통, 왼쪽 가슴의 물혹, 대상포진 등 심각하지는 않은 다양한 질병이 내 몸을 지나갔다. 그러는 동안 어떤 의문이 생겼다. 나 자신에게 의지한다는 것. 심리적으로도 경제적으로도 체력적으로도 '독립적'인 인간이 된다는 것. 20대 초반에는 무릇 인간이라면 누구나 성취해야 할 당연한 미덕으로 보였던 그것이, 실은 얼마나 사무치게 무섭고 쓸쓸한 일인지… 정말 '독립'이란 그런 걸까? 과연 그렇게 '독립적'일 수 있는 사람이 있을까? 있다 해도, 난 그런 사람과 친해지고 싶을까?

폐 좀 끼치며 살자

"우리, 서로 좀 봐주면서 살자." 30대 초반에서 중반을 향해 가던 즈음, 꼿꼿하고 선명하던 친구들의 표정에서 약함과 굴곡을 읽어내기 시작하면서 자주 했던 말이다. 하지만 이 말을 하던 나는 꽤 모순적이었고, 오만하기까지 했다. 사실 친구의 약함이나 괴팍함을 '봐주는'건 그리 어렵지 않았다. 정말로 어려운 건, 나의 약함과 괴팍함을 드러내고 친구에게 기대는 것이었다. '독립적인 인간'이 되고 싶었던 나는, 타인에게 폐를 끼치는 일이 죽을 만큼 싫었다.

 나나 친구들이 여기저기 크고 작게 몸이 아플 때면, 우리가 얼마나 '폐 끼치는 것'을 못 견뎌 하는 인간들인지를 돌아보게 된다. '우리는 비혼이니까 더더욱 서로 단단한 네트워크를 만들어야 해!' 라고 힘주어 자주 얘기하면서도, 웬만큼 아픈 것은 다들 혼자 해결했다. 정 불가피한 상황이 되면, 부모나 같이 사는 애인에게 기댔다. 부모도 애인도 아닌 친구에게 병원을 같이 가달라고 하거나 단 며칠이라도 병간호를 부탁하는 것은 상상하기 어려운 일이었다. 물론 내 친구가 나에게 그런 부탁을 했다면 나는 진심으로 기꺼이 그렇게 했을 것이다. 내가 부탁했다면 내 친구들도 기꺼이 날 도와줬을 것이다. 하지만 나도 친구들도, 서로에게 그런 부탁을 하지는 않았다. 몸은 약해져가고 보살핌을 주고받을 관계는 희박하다는 것을 실감할 때, 비혼의 나이 듦은 꽤 무서워진다. 하지만 보살핌을 주고받을 관계가 정말로 없어서 무섭다기보다는, '의존적' 이 된다는 것 자체가 무서운 것이다. 철들면서 열렬히 성취하고자 해왔던 '독립' 에 대한 상상력은 '스스로 모든 것을 해낼 수 있는 몸' 을 전제하고 있었으니까. 하지만 나이를 먹어간다는 건, 사회의 변화를 따라잡는 건 둘째 치고 자기 몸의 변화부터 따라잡아야 하는 일이었다.

몸의 의존만 두려운 것이 아니다. 서른 살이 끝날 즈음, 새로운 연애를 시작했었다. 그때 나는 몹시 겁이 났었기 때문에 '연애는 영원하지 않아. 우린 언젠가 헤어질 수도 있어' 라며 온갖 쿨한 척을 다했지만, 지금 돌이켜보면 내심 '정착' 하여 가족 같은 관계를 만들고 싶다는 마음도 있었던 것 같다. 정착이라니. 20대 때는 없었던 욕망이다. 아무튼 그 연애는 4년 반 만에 끝이 났고, 말로

다 할 수 없이 특별하면서도 지극히 평범한 실연의 시간이 지나 갔다. 그러면서, '영원한 건 없어' 라며 쿨한 척했던 그간의 공식 입장과는 달리 내게도 '영원' 이나 '평생' 의 관계에 대한 욕망이 있다는 사실을 인정했고, 그 욕망이 좌절되었 을 때 얼마나 찌질해질 수 있는지도 체험했다. 하지만 울 며불며 시궁창에서 뒹구는 동안 배운 것이 있었다. 그건, 내가 괜 찮은 척 위장할 수 없을 정도로 약해졌을 때 진심으로 걱정해주 고 손 내밀어주는 친구들이 있다는 것, 그들에게 나의 약함과 찌 질함과 궁상을 들킨다 해도 세상은 전혀 안 무너진다는 놀라운 사실이었다. (글로 쓰니 좀 진부하군. 하지만, 겪지 않고는 모르는 일이 있는 법이다.)

돈보다 맷집

사는 건 불안하다. 하지만 불안을 없애는 것은 불가능하다고도 생각한다. 인생의 모든 우연과 변화를 미리 '대비' 하며 살 수는 없기 때문이다. '충분히' 돈을 버는 것이 가능할까? 인터넷에 떠 도는 말처럼 3억을 모으면 '노후는 확실히 보장' 될까? 이별에 대 비해 사랑하지 않는 것이 가능한가? 파트너를 국가에 등록하면 그것이 우리 관계를 영원하게 만들어줄까? 아닐 것이다. 어쩌면 불안에 맞서기 위해 가장 필요한, 그리고 가장 현실적인 대비책 은, 뒤처짐과 버려짐의 불안에 압도되지 않을 수 있는 '맷집' 인지도 모른다. 이 지점에서 조금 위안이 되는 건, 어차피 지금 같은 시대에 불안을 느끼지 않으면서 사는 사람은 거의 없을 거라는 사실이다. 그러니 우리는 스스로에게, 서로에게, '지금 이대로도 괜찮다'고 좀 더 자주 말해줄 필요가 있다.

최근 들어, 나이 들어서 참 좋다고 생각하게 된 점이 두 가지 있다. 하나는 중요한 질문이 바뀌어가고 있다는 점이다. '성취 지향적, 목적의식적 인간'이었을 때, 나에게 중요한 질문은 '지금까지 무엇을 해냈고, 앞으로 무엇을 할 것인가'였다. 이 질문을 중심으로 서른여섯 내 짧은(?) 삶을 들여다보면, 과거는 보잘것없고 미래는 더욱 보잘것없어질 예정이다. 이대로라면 '이 나이 먹도록 뭐 했나?'라는 자조 앞에서 속수무책일 수밖에 없다. 하지만 '나는 어떤 인간이었나, 그리고 어떤 인간이 되고 싶은가'라는 질문을 가지면, 신기하게도 답답하던 마음에 신선한 공기가 불어오고 가슴이 좀 펴진다. 게다가, 여러 우물을 파며 사는 것도 간단히 정당화된다. 한 번 사는 인생, 한 우물만 파서 좋을 게 무엇인가? 일 벌이기 좋아하고 잡다한 관심이 많은 나에겐 정말 유익한 사고방식이 아닐 수 없다.

다른 하나는 '독립성'에 대해 갖고 있던 나의 생각이 서서히 바뀌어가고 있다는 점이다. 어쩌면 독립성은 누구의 도움도 없이 살아갈 능력이 아니라, 도움을 주고받으면서도 자기 자신일 수 있는 유연함, 폐 끼치면서도 자존감을 잃지 않을 수 있는 힘, 타인이 폐를 끼쳐올 때 그것을 관계의 기회로 생각할 수 있는 개방

성일지도 모른다. (누군가가 그랬다. 자신은 아무 도움도 받지 않으려고 하면서 남을 돕는 데만 팔 걷어붙이고 나서는 습성은, 이타심이 아니라 잘 위장된 지배욕이기 쉽다고. 나도 이제 와 부끄럽게 공감한다.) 물론 모든 타인이 도움을 주고받을 가치가 있진 않기 때문에, 사람 보는 눈은 좀 길러야 한다. 사람 보는 눈이 없다면, 뒤통수라도 단련해야 할 테고. 실수했을 때, 상처받았을 때, 잘못된 길로 들어섰을 때 진가를 발휘하는 게 바로 맷집 아니던가.

앞길이 구만 리건 구 미터건

앞길이 구만 리인지 불과 구 미터 앞에서 끝날지는 아무도 모른다. 그러니, 편리하게 생각해버린들 뭐 어떤가. 운이 좋아 건강하게 90살쯤까지 살 운명이라고 치자. 서른여섯은 전반전 끝나기도 한참 남은 나이다. 과거 청산을 두려워하지 않는 뻔뻔함을 가져도 좋다. 언제든 '진정' 원한다면 0에서 새롭게 시작할 수 있다고 믿어도 상관없다. 혹은, 슬프게도 9년밖에 삶이 남지 않았다고 치자. 하루하루가 얼마나 아까운 시간인지 온몸으로 자각하며, 아낌없이 타인에게 나를 개방하고 모든 소중한 것들을 소중하게 다루면서 살 수 있지 않겠는가.

 세고 대단한 사람보다는, 느낌 있고 매력적인 사람이 되고 싶다. 힘들 때 서로 폐 끼쳐도 좋을 만한 관계를 만들고, 공들여 잘 가꾸어가고 싶다. 갈수록 더 말랑말랑한 사람이고 싶다. 잘 웃고,

잘 울고, 모든 감정에 대해 진지하고 싶다. 눈이 따가울 정도로 선명하게 관계의 색깔들과 마주서고 싶다. 새롭게 방황할 용기를 가지고 싶다. 덧없는 사랑에 또다시 목숨 걸고 싶다. 세상은 늘 새롭게 배울 것투성이고, 나이를 얼마나 많이 먹든 내일은 '내가 아직 한 번도 살아보지 못한 인생'으로서 미지에 대한 설렘을 품고 거기에 있겠지. 그러니, 그렇게 살자. 인생의 쓴맛 단맛을 할 수 있는 한 밑바닥까지 싹싹 훑어 맛보면서. 🌿

시타 10대에는 상투적이었고, 20대에는 추상적이었고, 30대 초반에는 냉소적이었던, '꿈' 이라는 단어에 대해 최근 다시 생각하게 된 서른여섯 살 여자. '못 말려' 라고 생각할 정도로 뭔가에 빠져 있는, 그러나 '끝이든 시작이든 냅다 질러버릴 수 있는 무모함' 을 겸비한 40대를 기대하고 있다(두근두근).

하나. 집은 낮에 구하자.

빛이 들어오는 방향은 너무 중요하다. 너무 밝은 빛에 잠을 설칠 수
도 있고, 주방에 직사광선이 들어오면 음식이 상하기도 쉽다. 고층이
라도 집들이 붙어 있으면 볕이 들어오지 않을 수도 있으므로 꼭 낮에
확인하도록 한다. 형광등 불빛 아래에서 잘 보이지 않던 곰팡이 자
국, 벽지나 장판 상태도 햇볕에서는 잘 보인다.

둘. 큰길과 집 사이의 거리를 꼼꼼히 살피자.

365일 해가 뜬 후 집을 나가고 해가 지기 전에 들어온다면 이 부분은
패스. 하지만 살다보면 밤늦게 술 한잔 걸칠 일 정도는 있지 않을까.
큰길에서 집으로 가는 고불고불한 골목길은 밤늦은 귀가 때마다 불
안감을 느끼게 한다. 어떤 동네는 초저녁부터 이동하는 사람이 거의
없는 경우도 있기 때문에 사전에 마음에 드는 집을 발견하면 밤에 꼭
한번 가보는 것이 좋다. 큰길과 집 사이에 거리가 가깝더라도 반드시
가로등이 있는지는 확인해야 한다. 만약 가로등 전구가 나갔다면 다
른 언니들을 위해서라도 투철한 신고정신을 갖는 것이 비혼인의 덕
목 중 하나!

셋. 반지하보다는 옥탑을

돈이 넉넉하지 않은 상황에서 집을 구하다보면 옥탑과 반지하를 두고 고민하는 경우가 종종 생긴다. 계단을 오르내리는 것을 감수할 수 있다면 반지하보다는 옥탑을 추천한다. 반지하에 살았던 대부분의 친구들은 곰팡이 노이로제에 걸리고, 습기 때문에 살기 어렵다는 이야기를 많이 한다. 하지만 부득이 반지하를 선택하는 경우에는 반지하의 낮은 창을 고려해 집 안 어디가 외부인의 시선에 노출되는지를 확인하자.

넷. 계약사항을 철저하게 점검하라.

가장 먼저 권리관계(해당 부동산의 권리가 누구에게 있는지에 대한 것)를 알아보자. 권리관계를 알아보기 위해서는 등기부 열람이 필수! 계약 체결 시에는 계약자가 등기부 상의 실소유자인지를 확인해야 한다. 그리고 초기 계약 시 등기부등본에 담보가 없었다 하더라도, 잔금을 치를 때 다시 한 번 꼭 확인하도록 한다. 그 사이에 집주인이 저당권(담보)을 설정할 수도 있기 때문이다. 저당권이 설정되어 있다면 그 집의 시세를 알아보아 혹시 보증금을 돌려받지 못할 수도 있는 상황에 대비하자. 그리고 전입신고 후 반드시 확정일자를 받아놓아야 보증금을 돌려받을 수 있다.

다섯. 우리 집의 보안 점검 리스트를 작성하자.

첫째, 외부에서 집으로 들어오기 쉬운 구조인지 확인한다. 담장의 높이는 어떤지, 창문과 담장 사이의 거리는 어느 정도인지, 아래층 베란다를 타고 침입할 가능성은 없는지를 확인한다.

둘째, 현관문의 중앙이 쉽게 깨질 수 있는 유리로 되어 있지는 않은 지, 열쇠 장치가 허술하지는 않은지 확인한다.

셋째, 번호 키가 있는 집이라면 이사를 하자마자 바로 비밀번호를 변경하고, 버튼 음을 가장 작게 조정하자. 소리만으로도 비밀번호를 알 수 있기 때문이다.

넷째, 현관문 내부에 안전 걸쇠가 있는지 확인한다. 집에 들어가면 반드시 안전 걸쇠를 걸어 놓는 습관을 가지도록 하자.

다섯째, 창문의 잠금장치가 제대로 기능하는지 확인한다. 특히 반지 하와 1층의 경우는 방범창이 부착되어 있는지, 상태가 튼튼한지 확인한다.

여섯. 좋은 이웃을 만들어라.

집에 가는 길에 슈퍼마켓이나 세탁소, 도서대여점 등이 있는지 확인하고 종종 이용하며 친분을 쌓아놓는 것도 좋다. 도움을 얻어야 하는 어떤 상황이 생길지 모르기 때문이다. 낮에 집을 비울 경우 택배나 우편물을 대신 받아달라고 부탁할 수도 있다.

언니들이 강추하는
몸을 움직이는 여자들을 위한 공간

1. 스윙시스터즈 cafe.daum.net/swingsisters

모임시간: 일요일 저녁 7:30부터 정기모임
장소: 지하철 홍대입구역 근처 연습실 '라틴속으로'
준비물: 편한 옷, 운동화(밑창에 가죽을 대면 춤추기 편하다.)

2002년에 만들어진 '내가 가장 나일 수 있는 여성 댄스 공간'을 표방하는 스윙댄스 동호회. 스윙댄스는 남녀의 역할 구도가 상대적으로 다른 커플 댄스보다 덜하며, 배우기 쉽고 신나는 춤이다. 여성들과 함께 편하게 춤추고 즐기기를 원하는 사람들의 모임.
일요일 오후에 초급과 중급과정 수업을 비롯한 다양한 특강이 열린다.

2. 자기방어 훈련 날자! cafe.naver.com/2007mybody

모임: 비정기적으로 열림
장소: 주로 태권도장
준비물: 편한 옷과 단단한 마음

단순히 위협에서 자신을 보호해야 하는 존재로서가 아니라 폭력적인 상황에 대처할 수 있는 몸과 마음을 만드는 훈련. 한국성폭력상담소의 주말 도장에서 시작되어 자발적인 훈련모임으로 운영되고 있다. 기초체력 훈련부터 태권도 기본 자세와 호신기술, 대련과 송판 격파 등 공격에 적극적으로 대처하기 위한 다양한 방법을 배운다. 12주 과정이며 비정기적으로 열리니 참가자 모집은 카페 공지를 참조하면 된다.

3. 어시스터[a-sister] www.unninet.net/basketball

모임시간: 매주 금요일 저녁 8시부터
장소: 이화여자대학교 실내체육관 혹은 야외
준비물: 물컵, 수건, 갈아입을 옷, 농구화 등

농구가 좋아 모인 여성들이 지속적인 훈련을 위해 만든 모임. 다양한 전술과 기초훈련을 기본으로 매주 경기를 하며 초보자부터 다양한 실력이 조화를 이룬 곳이다. 시스터sister와 어시스트assist의 합성어로 만들어진 이름은 '어시스트를 하는 여자들'이란 뜻을 지니고 있다.

4. 짝토축구회 www.unninet.net/soccer

모임시간: 매주 토요일 저녁
장소: 성산중학교 운동장(합정역 인근)
준비물: 쿠션 좋은 운동화 또는 축구화는 필수, 물과 손수건은 선택

'짝토'는 매달 둘째 넷째 짝수 토요일마다 모인다고 해서 붙인 이름이다. 단순히 축구만 하는 것이 아니라 운동장을 뛰고, 땀 흘리며 운동하는 기쁨을 알아챈 여자들의 모임.
자세한 것은 3부에 실린 '여자들이여, 운동장으로 나오라!'를 참조할 것.

언니들이 말하는
비혼생활 동반자

'비혼으로 사는 데 가장 필요한 사람은 누구일까?'

언니들은 이렇게 대답했다.

친구(47퍼센트)와 애인(25퍼센트)이라고 말하는 언니들이 가장 많았으며, 엄마와 언니/여동생이 그다음이었다(각각 7퍼센트). 섹스 파트너라고 답변한 사람은 4퍼센트, 없다거나 그 외의 사람이라는 응답은 각각 5퍼센트였다. 언니들이 말하는 이유는 다음과 같다.

1. 남는 건 친구뿐

비혼인 여성들에게 가장 인기 있는 존재는 친구이다. 친구는 외로울 때, 심심할 때 힘이 되어주기 때문이다. 특히나 자신과 비슷한 고민과 경험을 공유하면서 지지해줄 수 있는 친구는 삶의 활력을 더해준다. 그 친구가 비혼이라면 더할 나위 없겠지. 그런 건 애인을 만들어도 되지 않느냐고? 천만에! 애인이라는 관계의 특성상 골치 아픈 일이 한 두 가지가 아니다. 하지만 친구란 보다 다양한 관계로 변화하고 발전할 수 있는 아주 적절한 위치에 있는 존재다. 친구는 오래 옆에 있지만 애인보다 간섭은 덜하고, 소통하면서 함께 일을 도모할 수도 있지 않은가. 사실 그거 하고 싶을 때 있잖아! 하고 묻는 거 같은데, 그건 섹스 파트너 하나 만들고(여럿이라도 뭐 괜찮아) 가끔씩 해결하면 되지 않겠어? 살아보니 그렇더라… 남는 건 친구뿐이더라고. 세상에 나 혼자뿐이란 걸 느끼지 않기 위해서 우선 마음 맞는 친구 만들기에 열중하자.

2. 없으면 아쉬운 애인

인간이라면 외로운 건 어쩔 수 없다. 그러니까 애인이 필요한 거야. 친구와는 또다른 게 있거든. 때로는 친밀하게, 때로는 투닥거리기도 하며 사는 게 또다른 인생의 낙 아니겠어. 정신적으로 육체적으로 안정을 줄 수 있는 사람, 지속적으로 삶을 공유할 수 있는 사람, 지향과 가치관을 이해해주는 사람… 이면 좋겠는데, 평생은 아니라도 인생의 중간 중간 이런 인연이 있었으면 한다.

3. 이유가 필요 없는 엄마

정말 필요한 사람으로 엄마를 꼽은 이유를 말해달라고? 이렇게 어리석은 질문이라니. 엄마가 필요한 데 뭔 이유가 있겠어. 더구나 엄마가 내 삶에 든든한 지지자가 된다면 더할 나위 없겠지. 다른 혈연가족보다 한 100배는 튼튼한 방어막이 되어줄 걸? 물론 다른 세대라다른 가치관을 가진 엄마를 설득하기란 쉽지 않겠지. 하지만 엄마가 내 편이 되는 그 순간, 상상만 해도 풍요로워 지는걸!

4. 한없이 끈적한 자매애

여동생이나 언니는 언제나 특별한 존재다. 애인이나 친구를 만날 때 필요한 최소한의 예의조차 차리지 않아도 된다. 더구나 나의 바닥까지 아는 사람이기 때문에 서러울 땐 끌어안고 펑펑 울기도 쉽다. 그리고 이런 관계는 평생 '붙어먹을' 수도 있지. 하하!

5. 때로는 애인보다 섹스 파트너

몰라서 묻냐!

_제2회 비혼여성축제 '비혼 앙케이트' 중에서
(2008년 5월)

엮은 사람들 언니네트워크 unninetwork.net 출판기획단

위성은 | 언니네트워크 편집팀장. 본업은 프리랜서 저술가 겸 기자. 보다 창조적인 글쓰기를 지향하며 극작에 에너지를 쏟고 있다.

난새 | 7년째 언니네트워크와 동고동락 중이다. 하지만 아직은 언니들과 함께 하고픈 일이 무궁무진한 꿈 많은 비혼인.

몽 | 언니네트워크 사무국장. '女' 자가 붙은 학교만 졸업했고 언니네트워크를 만난 후 본격적으로 '여성주의적 공간'의 확장을 생의 목표로 활동하고 있다.

언니들, 집을 나가다
© 언니네트워크 2009

초판인쇄   2009년 5월 29일
초판발행   2009년 6월 10일

엮은이   언니네트워크
펴낸이   강성민
편집장   이은혜
편 집   신헌창
마케팅   신정민
펴낸곳   에쎄
출판등록   2009년 1월 19일 제406-2009-000002호

주소   413-756 경기도 파주시 교하읍 문발리 파주출판도시 513-8
전자우편   bookpot@hanmail.net
전화번호   031-955-8888(관리부) 031-955-8898(편집부)
팩스   031-955-2557

ISBN 978-89-962155-9-2-03810

이 도서의 국립중앙도서관 출판시도서목록(CIP)은 e-CIP홈페이지(http://www.nl.go.kr/ecip)에서
이용하실 수 있습니다. (CIP제어번호: CIP2009001557)